이상을 읽다

이상을 읽다

이상과 상상으로 써 내려간
이상한 시

전국국어교사모임 지음

머리말

이상 문학은 우리에게 무엇일까? 이상 문학의 의미를 묻는 이 질문에 답하기가 난처한 까닭은 '이상'이라는 산봉우리가 이어지는 산맥 없이 저 홀로 솟았기 때문이다. 제아무리 높은 산이라도 평지에서 고지로 높아지며 산맥을 이루어 솟아 있기 마련이다. 시인의 시를 이해하는 것도 이와 비슷해서 그 시인이 영향을 주고받은 스승과 선후배와의 연결 안에서 시를 이해할 실마리를 얻을 수 있다.

한데 이상은 느닷없다. 1930년대의 이상은 당대 조선 문단에 느닷없이 솟아오른 봉우리였다. 그의 선배에게서나 그의 또래에게서 이상과의 연관성을 찾기란 거의 불가능하다. 이상 문학이 어려운 까닭이 여기 있다. 그를 들여다볼 참고 사항 하나 없이 저 혼자만의 성채를 두르고 있다는 것.

우리가 쓰는 말의 의미는 계열과 통합에서 만들어진다. 우리가 쓰는 모든 자연어는 그 자체로 의미를 갖는 것이 아니라 같이 놓인 단어들과 앞뒤 문장들 사이의 관계에서 의미를 만들어낸다.

우리가 시를 읽어낼 때도 시어가 놓인 자리와 시어가 닿아 있는 의미망을 살핀다.

한데 이상의 시는 그렇지 않다. 그의 시는 일종의 인공언어와 같아 주변의 의미망이 없다. 오히려 수학 공식처럼 이상 스스로 부여한 정의값과 공식이 있다. 그래서 이상의 시를 읽을 때는 수학 공식을 대입하듯이 주어진 정의에 맞게 공식을 넣고 답을 찾아야 한다. 수학 문제를 정의하는 조건이 바뀌면 다른 값이 나오듯이, 이상의 시는 읽는 사람이 시를 보는 관점을 어떻게 세우는가에 따라 서로 다른 모습을 보여준다.

성적인 의미가 가득한 시, 모더니즘의 시, 다다이즘의 시, 초현실주의의 시, 정신분석의 시 등 이상의 시에 들어섰다가 나오는 길은 모두가 다를 수 있다. 우리가 생각해야 할 것은 이상의 시를 풀이하기 위해 우리가 세운 식이 내적인 논리를 갖추었느냐 하는 점이다. 어느 것이 절대적으로 맞는 것이 아니라 이상의 시를 자기 나름의 방식과 접근법으로 풀이했을 때 그 논리가 흔들리지 않고 유지되는가 하는 점이 이상 시를 읽을 때의 중요한 원리인 것이다.

이상은 왜 시를 쓰려고 했을까? 그가 시를 통해 당대 사회의 독자들에게 전하고 싶었던 말은 무엇일까? 이 점을 고려하지 않는다면 이상 시는 그저 기호놀음에 불과한 말장난에 지나지 않을 것이다. 이상이 그토록 절박하게 말하려 했던 것을 귀담아들으려는 태도를 가져야만 우리는 이상 시의 난해성 뒤에 놓인 이상의 육성을 들을 수 있다.

이상의 문학이 단순한 성애(性愛)를 다룬 시들이었다면 지금까지 그 명성이 유지되진 못했을 것이다. 이상의 시는 그 이상의 함의를 품고 있다. 그의 문학을 풍요롭게 하는 것은 우리의 '새롭게 읽기'이다. 우리의 새롭게 읽기를 통해 이상의 문학은 더욱 깊어질 것이다.

이 책은 이상의 시를 먼저 접한 선배가 이상 시를 접할 후배에게 이상 시를 좀 더 쉽게 만날 수 있도록 안내하는 책이다. 이 책을 읽으며 이상 시의 매력을 느낄 수 있었으면 좋겠다. 그리하여 우리 청소년들이, 바삐 사는 현대인들이 이상의 시 세계에 한 걸음 다가서면 좋겠다.

이성수

차례

이상의

삶과

작품

세계

이상의 삶

이상의 생애는 《이상 연구》(김윤식, 문학사상사, 1987), 《이상 평전》(고은, 향연, 2003), 《이상 평전》(김민수, 그린비, 2012) 등을 참고하였다.

박제가 되어버린 천재를 아시오?

스스로를 박제가 된 천재로 규정한 시인 이상. 27년의 짧은 생을 살다가 떠난 지 80년이 넘은 지금도 그의 문학은 현재 진행형이다. "왜 미쳤다고들 그러는지. 대체 우리는 남보다 수십 년씩 떨어져도 마음 놓고 지낼 작정이냐."라며 자신을 미쳤다고 비난하는 사람들을 향해 오히려 시대에 뒤떨어진 당시 사회의 부족함을 서운해하던 그는 자신의 삶을 연료로 삼아 1930년대 조선에서 불꽃처럼 살다 갔다.

이상은 1910년 9월 23일(음력 8월 20일) 강릉 김씨 김연창•과 부인 박세창 사이의 장남으로 태어났다. 본적은 서울 통인동 154번지, 실제로 태어난 곳은 경성부 북부 순화방 반정동 4통 6호이며, 원래 이름은 김해경(金海卿)이다. 당시 집안의 어른은 큰아버지 김연필로, 그는 총독부의 기사로 근무한 적이 있는 기술자였

• 호적에는 김영창(金永昌)으로 기록되어 있다.

다. 그에 비해 친아버지 김연창은 대한제국 말기 궁내부 활판소에서 일하다 손가락이 절단된 뒤 일을 그만두고 집 근처에 이발관을 차려 당시 천직이던 이발쟁이로 근근이 살아가는 처지였다.

이상은 세 살이 되던 해에 큰아버지 김연필의 양자로 들어간다. 김연필이 자식이 없었기 때문에 데려간 것으로 보이는데, 호적에 올리지는 않았다. 김연필은 조카인 이상을 키우고 학업을 돌보긴 했지만, 아들로 대하기보다는 가문을 일으킬 영특한 인재로 생각하여 항상 엄격하게 대했다. 그 때문에 이상은 평생 큰아버지에 대한 부담감과 증오심으로 갈등했던 것으로 보인다.●

이상은 1918년 신명학교에 입학했다. 당시 동급생의 회고에 따르면, 이상은 낯이 희고 체조를 싫어하는 소년이었다 한다. 여기서 이상은 우리나라 1세대 서양화가이자 평생의 친구로 지내게될 구본웅을 동급생으로 만난다. 구본웅은 이후 이상의 정신적 지지자이자 경제적 후원자로 이상의 옆을 지켰다. 원래 구본웅은 이상보다 네 살 많았으나 몸이 약해 학교를 제대로 다니지 못해서 이상과 같은 학년이 되었던 것이다. 어릴 적에 사고로 척추를 다쳐 척추 장애인이 된 구본웅을 대부분의 학생들은 멀리했으나, 내성적이고 조용한 성품이던 이상은 구본웅을 진정한 친구로 사귀게 되었다.

● 이상은 〈슬픈 이야기〉라는 자전적 수필에서 부모와 큰아버지에 대한 애증을 기록해 놓고 있다.

화가의 꿈과 건축기사의 길, 그리고 '이상(李箱)'의 시작

이상은 이후 1921년 동광학교에 입학하는데, 이 학교는 이후 보성고등보통학교에 편입된다. 보성고보 4학년으로 편입된 이상은 그 학교에서 그림에 열중했다. 당시 보성고보에는 화가 고희동이 미술 교사로 근무하고 있었는데, 이상과의 교류는 분명치 않다. 다만 이상의 회고에 따르면, 당시 교내 전시회에 자신의 풍경화 한 점이 당선되었다는 이야기가 나온다. 그리고 그의 소설 〈종생기〉에도 이즈음 수채화를 열심히 그렸다는 이야기가 나온다. 또 그의 동생인 옥희를 모델로 삼아 그림을 그리며 화가를 꿈꾸었다는 글도 있다.

1927년, 17세 때 보성고보를 졸업하고 경성고등공업학교 건축과에 입학했다. 화가를 꿈꾸었던 이상이 건축과를 지망한 것은 기술직에 종사했던 큰아버지의 권유 때문인 것으로 보인다. 또한 건축설계와 그림 공부가 서로 닮은 점도 영향을 끼쳤을 것이다. 이후 2년간 경성고등공업학교 건축과를 다닌 이상은 이 학교를 수석 졸업하고 조선총독부 내무국 건축과에 근무하게 된다. 조선총독부에 기사로 근무하게 되는 것은 한 해에 두세 명 정도만 가능했던 일인데, 수석 졸업자를 총독부 관리로 특채하는 내규에 따른 것이었다고 한다.

경성고등공업학교를 졸업할 즈음 이상은 졸업 기념 사진첩에 넣을 사진을 촬영하게 되는데, 이때 자신의 본명인 '김해경' 대신 필명인 '이상'을 처음 사용했다는 주장이 있다. 이상이 졸업한 경성고등공업학교 1929년도 졸업 기념 사진첩의 비망록에는 "보고도 모르는 것을 폭로시켜라! 그것은 발명보다도 발견! 거기에도 노력은 필요하다. 李箱(이상)."이라는 문구가 있는데, 이를 근거로 이상이 자신의 필명을 이때부터 사용하기 시작했다는 것이다. '이상(李箱)'은 한자를 그대로 풀이하면 '오얏나무 상자'라는 뜻인데, 이는 친구였던 화가 구본웅에게 선물로 받은 '화구 상자(畵具箱子)'에서 연유했다는 증언이 있다. 이때 받은 화구 상자가 오얏나무로 만들어진 상자였기 때문에 그 상자를 부르는 말인 '이상(李箱)'을 자신의 필명으로 삼았다는 것이다.•

작가이자 화가, 빛나는 천재성의 시간

총독부 근무를 시작한 이상은 주로 서대문구 전매청 건물 신축 현장에서 배선 공사에 참여한다. 이상은 직장 일과 별개로 시 짓기, 소설 쓰기, 그림 그리기를 지속하는데, 그 결과 당시 총독부 건축과 기관지로 발행되던 《조선과 건축》의 표지 도안 현상모집에 1등과 3등으로 당선되기도 한다.

• '이상(李箱)'이라는 필명의 유래에 대해서는 지금까지 여동생 김옥희의 증언이 정설이었다. "오빠가 김해경이고 보면 '긴상'이라야 하는 것을 건축 공사장의 인부들이 성을 착각하여 '이상'으로 부른 데서 이상이라 자칭했다." 시인 김기림도 1949년 발간한 《이상 선집》에서 이 유래를 지지하고 있다. 하지만 최근에는 구본웅과의 연관성에서 비롯된 필명이라는 설명이 더 설득력을 얻고 있다.

이상은 스무 살이 되던 1930년에 잡지 《조선》에 첫 작품인 장편소설 《12월 12일》을 연재한다. 《조선》은 조선총독부가 일본의 식민지 정책을 일반에게 홍보하기 위해 펴내던 잡지였는데, 이 잡지 국문판에 2월호부터 12월호까지 9회에 걸쳐 데뷔작이자 유일한 장편소설인 《12월 12일》을 '이상'이란 이름으로 연재한 것이다. 이 작품은 이상 자신의 삶을 바탕으로 한 자전적 소설로, 큰아버지에 대한 증오심과 심리적 갈등 그리고 자살 충동과 결핵에 대한 죽음 의식 등이 깊이 깔려 있는 이상 문학 세계의 원점(原點)에 해당하는 작품으로 알려져 있다.

그다음 해인 1931년에는 총독부에서 펴내고 있던 건축전문지 《조선과 건축》에 일본어로 된 시 〈이상한 가역반응〉, 〈건축무한육면각체〉 연작, 〈삼차각설계도〉 연작 등을 '김해경'이란 이름으로 발표한다. 《조선과 건축》은 당시 건축가들이 주로 보던 일문 잡지인데, 조선의 문단과는 아무런 관련성이 없었다. 하지만 자신의 작품이 잡지에 공식적으로 발표된 점은 이상에게 상당한 자신감을 심어주었을 것이다. 또한 이와 별개로 조선미술전람회에 출품한 자화상인 유화 〈자상〉이 입선되기도 한다. 문학과 미술 양쪽에서 자기 나름의 성과를 얻은 것이다.

천재의 앞날에 드리운 폐결핵의 그림자
하지만 앞날이 창창할 것만 같던 이상에게 생각지도 못한 불운이

닥친다. 그해 가을 폐결핵이 발병한 것이다. 1931년 10월 즈음 건축 현장에서 공사 진행을 살피던 이상은 피를 토하며 쓰러진다. 그러고는 병원으로 옮겨져 정밀 검사를 받은 끝에 폐결핵 선고를 받게 되었다. 이때의 충격 때문에 이상은 1년여간 작품 발표를 중단한다. 이로 인해 1929년부터 시작된 이상의 짧은 전성기가 끝나게 된다. 이상의 예술이 막 빛나기 시작한 무렵, 이상의 삶과 건강은 조금씩 허물어지기 시작했던 것이다.

엎친 데 덮친 격으로 1932년 5월에는 큰아버지 김연필이 뇌출혈로 사망한다. 비록 이상과는 사이가 그리 좋지 않았지만 집안의 어른이었던 큰아버지의 죽음은 이상에게 큰 충격을 안겼을 뿐아니라 집안을 이끌어야 하는 책임까지 떠맡겼다. 이후 이상은 큰아버지의 서울 통인동 집에 들어가 살면서 큰아버지의 유산을 정리한다. 집을 팔고 남은 돈을 큰어머니와 반씩 나눈 이상은 큰아버지와의 인연을 끝내고 효자동에 초가를 한 채 얻어 친가족을 불러들여 집안을 책임지게 된다.•

꿈결 같은 금홍과의 만남

이상은 결핵으로 인한 각혈이 심해져 1933년에 총독부 일을 그만

• 현재 통인동에 있는 '이상의 집'은 실제 이상이 살던 집은 아니다. 이상이 살던 집은 헐려 없어졌고, 그 자리에 들어선 한옥을 되살려 '이상의 집'이라고 이름 붙인 것이다. 원래 집을 복원한 탓에 규모는 크지 않지만, 이상이 지은 시와 소설, 삽화의 스캔본 등을 열람할 수 있다.

두게 된다. 건강을 되찾기 위해 황해도 배천에 있는 온천으로 구본웅과 휴양을 간 이상은 그곳에서 금홍을 만나게 된다. 이상과 금홍의 만남은 이상이 1936년에 발표한 소설 〈봉별기〉에 자세히 소개되어 있다.

당시 금홍은 '능라정'이라는 요정의 기생이었는데, 요양차 내려가 있던 이상이 능라정에 들르면서 둘이 만나게 된 것이다. 금홍을 사랑하게 된 이상은 경성으로 돌아온 뒤에 금홍을 불러들여 종로1가에 '제비'라는 다방을 차리고 금홍을 마담으로 앉힌다. 금홍의 본명은 '연심'이었는데, 이상의 소설 〈날개〉에 나오는 아내의 이름과 같다. 이상과 금홍은 3년 남짓 동거를 하는데, 이때가 이상의 일생에서 가장 행복했던 시기였다.

금홍이는 겨우 스물한 살인데 서른한 살 먹은 사람보다도 나았다. 서른한 살 먹은 사람보다도 나은 금홍이가 내 눈에는 열일곱 살 먹은 소녀로만 보이고 금홍이 눈에 마흔 살 먹은 사람으로 보인 나는 기실 스물세 살이요, 게다가 주책이 좀 없어서 똑 여남은 살 먹은 아이 같다. 우리 내외는 이렇게 세상에도 없이 현란하고 아기자기하였다.

- 〈봉별기〉에서

이상의 삶에 흔적을 남긴 여인은 금홍 이외에도 나중에 정식 결혼까지 하게 된 변동림, 카페 '쓰루'를 경영할 때 만나게 된 권순옥 등이 있다. 그러나 이상의 마음에 가장 깊은 흔적을 남긴 여인은 금홍이었던 것으로 보인다. 이상은 자신과 금홍과의 인연을 소설 〈날개〉, 〈봉별기〉, 〈지주회시〉 등에 남겨놓고 있다.

구인회 속으로

이상은 '구인회(九人會)'와 교류하며 소설가 박태원과 친해지게 된다. 이상이 운영하던 다방 '제비'는 문인들의 모임 장소로 애용되었는데, 구인회 역시 그러했던 것이다. 구인회는 우리나라 문학사에서 모더니스트들의 요람으로 평가받는다. 초기 이태준, 이효석, 유치진, 김기림, 정지용 등으로 구성되었던 구인회는 이후 두 차례에 걸쳐 구성원들이 바뀌며 이상, 박태원, 김유정 등이 들어감으로써 시인, 소설가, 비평가 중심의 문학 모임이 된다.

구인회는 '카프(KARF, 조선프롤레타리아예술동맹)'에 대한 소극적 반발과 함께 근대적 모더니즘을 추구한 모임이었다. 주지주의, 이미지즘, 초현실주의 등 문학 전반의 다양한 방향에 관심을 보였던 구인회 덕분에 이상은 당대 문단 최고의 모더니스트 시인으로 자리 잡을 수 있었다. 정지용의 소개로 《가톨릭청년》에 〈꽃나무〉, 〈거울〉, 〈이런 시〉 등을 발표한 것은 바로 그 첫걸음이었다. 이상은 한국어로 된 작품을 자신의 필명 '이상'이라는 이름으로 발표하면서 조선 문단에 공식적으로 들어선다.

전설의 시작, 〈오감도〉 연재

이상은 〈오감도〉 연작을 조선중앙일보에 1934년 7월 24일부터 8월 8일까지 연재한다. 박태원이 다리를 놓고 정지용이 이태준에게 부탁하여 성사된 〈오감도〉 연재는 원래 30편을 연재하기로 했던 것이다. 하지만 〈오감도〉를 읽은 독자들이 "무슨 개수작이냐?", "미친놈의 잠꼬대" 같은 비판과 항의를 하고 연재를 중단하라는 투서가 매일 들어와서 결국 아홉 번의 연재(작품은 15편까지 게재)로 막을 내리게 된다. 이태준은 이때 자신의 주머니에 사직서를 항상 넣고 다니며 이상의 시를 옹호하는 방패막이를 자처했다고 한다.

〈오감도〉 연재의 중단에 대해서 이상은 훗날 글을 남겨 자신의 서운함과 자부심을 내비치기도 했다.

> 왜 미쳤다고들 그러는지, 대체 우리는 남보다 수십 년씩 떨어져도 마음 놓고 지낼 작정이냐. 모르는 것은 내 재주도 모자랐겠지만 게을러빠지게 놀고만 지내던 일도 좀 뉘우쳐 보아야 아니 하느냐. 열 몇 개쯤 써보고 시를 만들 줄 안다고 잔뜩 믿고 굴러다니는 패들과는 물건이 다르다. 2000점에서 30점 고르는 데 땀을 흘렸다. 31년, 32년 일에서 용 대가리를 떡 꺼내어놓고 하도 야단에 뱀꼬랑지는커녕 쥐꼬랑지도 못 달고 그만두니 서운하다.
>
> – 작가의 말 (《조광》 1937년 6월)

이해 가을 무렵 이상은 구인회에 제3차 동인으로 가입하고, 박태원의 소설 〈소설가 구보씨의 일일〉에 '하융(河戎, 물속의 오랑캐)'이란 필명으로 삽화를 그린다.

이상이 열었던 다방 '제비'는 2년여간 문인과 예술가들의 아지트가 되었는데, 누가 찾아오건 헝클어진 머리와 덥수룩한 수염의 이상이 너털웃음으로 예술인들을 맞이했다고 한다. 그러나 이상의 경영 능력은 신통치 않았던 것 같다. 경영난에 빠져 빚더미에 오른 다방 '제비'를 1935년 9월 폐업한 이상은 다시 다방 '쓰루〔학(鶴)〕', 다방 '69' 등을 연이어 차리며 재기를 도모했으나 모두 실패하고 만다.

서울에서의 연이은 사업 실패로 경제적인 어려움에 시달리게 된 이상은 경성고등공업학교 동기였던 원용석이 지방 공무원으로 근무하고 있던 평안북도 성천으로 요양을 떠난다. 서울내기였던 이상에게 그곳은 새로운 세계였다. 경성 토박이에다가 근대주의자였던 이상은 인공, 문명, 도시, 근대와는 전혀 다른 세계인 성천의 자연과 산천, 향촌을 접하면서 '조선적인 것'에 대해 눈을 뜨게 된다. 성천에서 여름을 지낸 이상은 그 체험을 수필 〈산촌여정〉, 〈권태〉에 담아냈다. 이상의 성천 체험은 이상에게 '지역성'을 가진 공간으로서의 조선을 인식시켰다는 점에서 중요한 사건으로 기록되고 있다.

변동림과의 결혼, 그리고 동경행

서울로 돌아온 이상은 친구 구본웅의 소개로 '창문사'라는 출판사에 근무하면서 구인회 동인지 《시와 소설》 창간호를 편집·발간하는 일을 맡는다. 이상은 이즈음 '낙랑파라'라는 카페를 드나들며 변동림을 알게 된다. 변동림은 친구 구본웅의 계모인 변동숙의 이복동생으로 이화여대 영문과를 다니고 있던 인재였다. 변동림은 수필과 단편소설 몇 편을 발표하며 신예 작가로 이름을 알리기 시작했었는데, 이상은 이런 변동림에게 이끌리게 된다. 변동림 역시 이상이 결핵에 걸려 있다는 것을 알면서도 "폐병이면 어때, 좋은 사람이면." 이란 한마디로 결혼에 응한다. 둘은 1936년 6월에 결혼식을 올렸다.

저는 지금 사람 노릇을 못 하고 있습니다. (중략) 살아야겠어서, 다시 살아야겠어서 저는 여기를 왔습니다. (중략) 저는 당분간 어떤 고난과라도 싸우면서 생각하는 생활을 하는 수밖에 없습니다. 한 편의 작품을 못 쓰는 한이 있더라도, 아니 말라비틀어져 굶어 죽는 한이 있더라도 저는 지금의 자세를 포기하지 않겠습니다.

- 〈H형에게 보내는 편지〉에서

이상은 결혼한 지 얼마 지나지 않은 1936년 10월에 동경으로 향한다. 폐결핵이 점점 깊어지는 몸으로도 기어이 동경행을 감행

한 것은 근대의 첨단과 세계정신을 경험해 보기 위함이었다. 경성에서는 더 이상 새로움을 찾을 수 없어, 자신의 문학의 돌파구를 찾아 동경으로 간 것이다. 그러나 이상은 1930년대 동경의 화려함 뒤에 감추어진 '가짜 근대'에 실망하고 만다. 동경 역시 서양의 근대 문명을 이식한 한갓 흉내에 지나지 않았던 것이다. 동경에 실망한 이상은 김기림 등에게 동경에 대한 환멸을 담은 편지를 보내는 한편, 소설 〈종생기〉, 〈환시기〉, 〈실화〉와 수필 〈권태〉, 〈슬픈 이야기〉, 〈실낙원〉 등을 부지런히 써 내려간다. 이 작품들은 이상이 죽고 나서 유작으로 발표되었다.

날개 꺾인 천재의 죽음

1937년 2월 12일, 설날 이튿날 이상은 하숙집을 나섰다가 일본 경찰의 불심검문을 받고 '사상 불온자'라는 혐의로 경찰서에 갇히고 만다. 이상은 경찰서에서 한 달가량 조사를 받으며 차가운 감옥에서 생활하는 바람에 폐결핵이 급속도로 악화된다. 이상은 악화된 폐결핵 때문에 동경제국대학부속병원으로 이송되었지만, 4월 17일 새벽 4시에 만 26년 7개월의 삶을 마감하고 만다.

이상은 죽기 직전 자신을 간호하러 온 아내 변동림에게 "멜론이 먹고 싶다."라는 유언을 남기고 숨을 거두었다.●

● 이상의 마지막 말이 "레몬 향기가 맡고 싶다."라는 주장도 있고, 멜론이 아니라 참외였다는 이야기도 있다.

죽은 이상의 얼굴을 화가 길진섭이 데드마스크로 본떴다는 증언이 여럿 있으나, 데드마스크의 소재는 알 수 없다.

이후 변동림은 이상의 유해를 화장하여 경성으로 돌아와 서울 미아리 공동묘지에 안장했다. 그러나 한국전쟁을 겪으며 묘지의 정확한 위치는 확인할 수 없게 되었다. 결국 그의 죽음은 그의 문학만큼이나 미궁에 빠진 셈인데, 문학과 삶을 일치시키며 살았던 그다운 결말이기도 하다.

광복 이후 1949년에 김기림은 이상의 시와 단편소설 등을 묶어 《이상 선집》을 펴내며 서문에서 그의 죽음을 기렸다.

무명처럼 엷고 희어진 얼굴에 지저분한 검은 수염과 머리털, 뼈만 남은 몸뚱아리, 가쁜 숨결, 그런 속에서도 온갖 지상의 지혜와 총명을 두 낱 초점에 모은 듯한 그 무적한 눈만이, 사람에게는 물론 악마나 신에게조차 속을 리 없다는 듯이, 금강석처럼 차게 타고 있는 것이었다. 그것은 인생과 조국과 시대와 그리고 인류의 거룩한 순교자의 모습이었다. '리베라'에 필적하는 또 하나의 아름다운 '피에타'였다.

— 《이상 선집》 서문에서

이상의 작품 세계*

● 이상의 작품 세계에 대한 정리는《이상 연구》(김윤식, 문학사상사, 1987),《한국 모더니즘
문학의 탄생》(권영민, 세창출판사, 2017),《이상 텍스트연구》(권영민, 뿔, 2009) 등을 참고
하였다.

우리가 이상의 시를 생각하면 가장 먼저 떠올리는 것은 〈오감도〉 연작일 것이다. 당대 독자들이 미친놈의 헛소리가 아니냐고 항의를 했을 정도로 난해하기 이를 데 없는 시인데, 이 사정은 지금도 다르지 않아서 '이상의 시는 난해시'라는 등식이 여전히 유효한 형편이다. 물론 이상의 시 전체를 놓고 보면 문맥과 의미를 파악할 수 없는 난해시가 다수 있는 것은 틀림없다. 하지만 그런 난해함 뒤에는 분명 우리가 가닿을 수 있는 이상 시의 진면목이 숨겨져 있다.

먼저 우리가 생각해 볼 것은 이상의 이중언어 글쓰기이다. 이상은 일본 사람보다도 일본어에 능통했다고 한다. 따라서 그의 글쓰기가 한국어 글쓰기와 일본어 글쓰기라는 두 영역으로 나뉘는 것은 이상한 일이 아니다. 이상이 내놓은 첫 작품은 1930년 조선총독부의 기관 홍보용 잡지 《조선》에 한국어로 발표한 장편소설 《12월 12일》이다. 반면 1931년에 《조선과 건축》에 처음 발표

한 〈이상한 가역반응〉 외 시편들은 일본어로 발표되었다. 이후에
도 이상은 소설은 한국어로, 시는 일본어로 쓰는 선택적 글쓰기,
즉 이중언어 글쓰기를 지속한다. 일상의 세계에 더 가까운 소설
은 한국어를 선택하고, 관념의 세계에 더 가까운 시는 일본어를
선택했던 것으로 보인다.

　이상이 한국어로 된 시를 발표한 것은 1933년이다. 이상은 한
국어로 된 시를 발표하고 나서는 일본어로 시를 발표한 적이 없
다. 그렇다면 일종의 일본어 시 습작기를 거쳐 한국어 시로 나아
간 것으로 추정할 수 있다. 따라서 이상의 작품 세계를 살피기 위
해서는 일본어로 된 작품들과 한국어로 된 작품들을 함께 살펴야
한다.

이상의 일본어 시편들 – 근대에 대한 관심과 공포

이상의 일본어 시 작품들은 소재와 기법에 따라 크게 네 가지로
나누어 볼 수 있다. 첫째는 근대 과학에 대한 관심을 표현한 작품
들이다. 〈삼차각설계도〉 연작시(〈선에 관한 각서 1~7〉), 〈이상한
가역반응〉 등이 여기에 해당하는데, 이들 작품은 수학 용어와 물
리학 용어를 그대로 사용하고 있으며, 기하학이나 상대성이론 등
과 같은 학문적 내용에 대한 관심을 '기하학적 상상력'에 기초하
여 형상화하고 있다.

　둘째는 시인 자신의 개인사와 관련하여 폐결핵 진단에서 받

은 충격과 좌절, 죽음에 대한 공포를 표현한 작품들이다. 〈공복〉, 〈진단 0:1〉, 〈22년〉 등의 작품이 여기에 해당한다.

셋째는 사회 현실, 현대 문명의 속성에 대한 비판적 인식을 드러낸 작품들이다. 〈건축무한육면각체〉 연작에 속하는 〈AU MA-GASIN DE NOUVEAUTES〉, 〈출판법〉 등의 작품이 여기 해당하는데, 이 작품들은 현대 문명에 대한 비판적 인식과 함께 인간의 삶에 대한 회의를 짙게 드러낸다.

넷째는 일상적 생활 체험에서 얻어낸 특이한 시적 모티프를 형상화한 작품들이다. 〈파편의 경치〉, 〈▽의 유희〉, 〈차8씨의 출발〉 등이 여기 해당한다. 이들은 일상에서의 사소한 경험을 이상 특유의 예리한 시적 감각으로 다듬어 표현해 낸 작품들이다.

일본어로 쓰였다는 점 때문에 이상의 일본어 시편들을 한국문학의 바깥에 놓아야 할 이유는 없다. 이상은 '국권 피탈'이 일어난 1910년에 태어나 일본어가 '국어'라는 이름으로 조선어 위에 군림하던 시기를 살았다. 그런 까닭에 이상의 일본어 글쓰기는 당대 식민지 교육이라는 제도에 강제된 것이었음을 고려해야 할 것이다.

일본어로 쓰인 그의 시에 대한 평가는 대체로 습작 단계의 성격을 크게 벗어나지 못한다는 것이다. 이상의 일본어 시는 이중언어 글쓰기의 산물이면서도 이상 작품 세계의 초기 활동에 국한되는 특이한 사례라 보아야 한다.

이상의 한국어 시편들

다음으로 이상이 한국어로 쓴 시에 대해 검토해 보자. 이상이 한국어로 발표한 시는 모두 50편 정도가 된다.•

이상은 일본어로 시를 쓰면서 습작 시기를 거쳤고, 시에 대한 자신감이 생긴 뒤에 한국어 시로 나아간 것으로 보인다. 이상이 최초로 발표한 한국어 시는 정지용의 추천으로 《가톨릭청년》에 수록한 〈꽃나무〉이다. 이후 이상은 죽을 때까지 50여 편의 한국어 시를 발표하는데, 이 작품군에서 확인할 수 있는 특징을 정리하면 다음과 같다.

① **근대, 그 공포의 질주**

이상은 1936년 10월 동경으로 향한다. 변동림을 아내로 맞이한 것이 그해 6월이었으니 신혼 생활을 채 1년도 하지 않은 상태에서 동경으로 떠난 것이다. 그의 몸은 이미 폐결핵으로 돌이킬 수 없는 상태였다. 그런 상황에서도 이상이 동경으로 건너간 것은 문학에 대한 새로움을 찾기 위해서였다. 그래서 아시아 근대 문명의 중심이라 할 동경으로 건너가 직접 근대의 진면목을 보려고

• 연구자에 따라 시로 볼 것인지 산문으로 볼 것인지 의견이 서로 다른 작품들이 있어서 정확한 작품 수를 확정하기 어렵다. 박상순 시인은 이상의 한국어 시 전편에 대한 해석을 붙이면서 50편으로 확정했는데, 〈산책의 가을〉, 〈실낙원〉, 〈최저낙원〉은 기존에 산문으로 분류되었던 것들이다.

했다. 그러나 그가 동경에서 발견한 것은 가짜 근대에 불과한 동경이었고, 이상은 그 과정에서 새로운 시대를 여는 근대 문명의 이면을 보게 된다.

제1의아해가무섭다고그리오.
제2의아해도무섭다고그리오.
제3의아해도무섭다고그리오.
제4의아해도무섭다고그리오.
제5의아해도무섭다고그리오.

- 〈오감도-시 제1호〉에서

〈오감도-시 제1호〉에서 발견할 수 있는 '공포'는 바로 거기에서 온다. 〈오감도〉 연작에서 확인할 수 있는 이상 시의 특징은 언어에 대한 탐구와 파격적 기법을 바탕으로 한 자의식의 탐구, 도시 문명에 대한 비판이라 할 수 있는데, 이는 바로 모더니즘 시의 경향과 일치한다.

이상은 여기서 멈추지 않고 현대 문명과 수학·과학의 비인간화 경향에 반발하면서 인간 존재 자체에 대한 질문을 던지며 근대 문명 이후에 대한 관심까지 드러내고 있다. 그중에서도 이상은 근대의 합리성에 대해 의문을 품으며 어떤 공포를 느낀다. 〈오감도-시 제1호〉에 나타나는 공포는 근대의 속도와 비인간성에

서 비롯된 것으로, '아해'로 대표되는 익명적 존재의 공포를 실감
나게 그리고 있다.

② 각혈, 죽음의 그림자

> 캄캄한공기를마시면폐에해롭다. 폐벽에끄름이앉는다. 밤새도록
> 나는몸살을앓는다. 밤은참많기도하드라. 실어내가기도하고실어들
> 여오기도하고하다가잊어버리고새벽이된다. 폐에도아침이켜진다.
>
> ― 〈아침〉에서

이상은 1929년 즈음 폐결핵 증상을 스스로 인지하게 된다. 그
리고 1931년 가을에 건축 현장 감독을 하다가 피를 토하며 쓰러
진다. 그 당시 이상은 문학과 미술 양쪽에서 모두 인정을 받으며
장래가 기대되던 청년이었다. 그러나 이상의 폐를 갉아먹기 시작
한 결핵은 그를 주저앉히고 만다.

이후 이상의 시에서는 폐결핵과 관련된 작품들이 등장하는
데, 밤새도록 기침에 시달리며 불면의 밤을 지새우는 모습을 그
린 〈아침〉이나, 폐결핵 진단을 받은 충격을 그려냈다고 풀이하는
〈진단 0:1〉 등이 그런 작품에 해당한다. 또한 이로 인해 이상의
관심은 죽음을 향해 나아가게 되는데, 〈절벽〉은 죽음에 대한 상념
이 잘 드러난 작품이라 할 수 있다.

③ 아버지의 무게

이상의 대표작이라 할 〈오감도〉 연작의 경우, 두 가지 시적 지향이 나타난다. 그중 하나는 시적 자아를 대상으로 하여 자의식에 대한 탐구, 병에 대한 고뇌, 육체의 물질성에 대한 발견 등으로 이어지는 것이다. 다른 하나는 시적 자아를 넘어서서 가족과의 불화와 갈등, 인간의 삶과 문명에 대한 불안을 다루는 것이다. 이 작품들은 그 형태와 주제, 내용이 독자적이면서도 '오감도'라는 큰 틀 안에서 서로 연관된다. 이상은 이러한 연작시 작업을 통해 시적인 정서의 확대와 심화를 꾀했던 것이다.

나는왜드디어나와나의아버지와나의아버지의아버지와나의아버지의아버지의아버지노릇을한꺼번에하면서살아야하는것이냐

- 〈오감도 - 시 제2호〉에서

〈오감도 - 시 제2호〉에서 확인할 수 있듯이, 이상은 평생 '아버지 되기'에 대한 부담감과 책임감을 느꼈던 것 같다. 이 시에서는 왜 자신이 '아버지 노릇'을 하면서 살아야 하는 것인지 의문을 던지고 있는데, 이는 어린 시절 양자로 큰아버지의 집에 들어간 이후 집안을 일으켜 세울 존재로 살아야 했던 이상의 가정사와 관련이 있다. 이상은 자신의 수필 〈슬픈 자화상〉에서도 이러한 부담감을 언급하고 있는데, 자신을 양자로 받아들였으면서도 엄격했

던 큰아버지와의 관계, 보잘것없는 천민에 가까웠던 친아버지에 대한 연민 등이 복합적으로 작용하면서 이상은 평생을 두고 '아버지'라는 존재의 무게를 짊어진 채 살았다.

④ **아내의 존재**

이상의 여성 편력은 그 자체로 소설의 소재가 되거나 시의 밑천이 되기도 했다. 소설 〈날개〉와 〈봉별기〉의 모델로 등장한 금홍과 〈동해〉, 〈실화〉, 〈종생기〉 등에 등장한 아내 변동림이 그런 예라고 할 수 있다. 시에서도 '아내'와의 관계를 다룬 작품들을 찾아볼 수 있다.

아내는 아침이면 외출한다 그날에 해당한 한남자를 속이려가는 것이다 순서야 바뀌어도 하루에한남자이상은 대우하지않는다고 아내는 말한다 오늘이야말로 정말돌아오지않으려나보다하고 내가 완전히 절망하고나면 화장은있고 인상은없는얼굴로 아내는 형용처럼 간단히돌아온다

- 〈지비〉에서

〈지비〉에서 보이듯이 이상과 아내의 관계는 평범한 부부 사이라고 보기 어려운 점이 있다. 그것은 이상이 남편으로서 독점권을 행사하기를 거의 포기하고 아내의 바깥출입을 방조하는 모습

을 보인다는 것이다. 실제 생활인으로서의 이상은 경제적인 능력이 떨어졌다. 금홍과 살 때도 금홍이 벌어온 돈으로 연명했고, 변동림과 결혼한 후에도 변동림이 이상의 약값을 위해 술집에 나갔다고 한다. 생활인으로서의 무기력함은 시 작품 안에서 아내에 대한 부채감으로 변형되어 그려지고 있다.

⑤ 언어에 대한 탐구

이상이 〈오감도〉 연작을 비롯한 한국어 시 작품을 발표하던 1930년대 초중반은 한국 문단에 모더니즘 운동이 활발하게 전개되던 시기였다. 한국 문단에서 모더니즘 운동은 앞선 시기의 계급문학의 쇠퇴와 맞물려 일어난 현상으로, 정치적 편향성을 거부하고 문학적 순수주의 혹은 문학적 기법과 언어 자체에 대한 관심이 확장된 결과이다.

이상의 시가 던진 새로움 가운데 가장 중요한 것은 '시각시(視覺詩)' 또는 '보는 시(visual poetry)'라는 새로운 형태를 창안했다는 점이다. 〈오감도〉 연작에 대한 독자들의 비난 중 '이것도 시냐'는 항의가 있었다는 점을 떠올려보면, 이상은 당대 독자들이 시에 대해 가지고 있었던 틀과 선입견을 산산조각냈다. 이상 이전의 시가 주로 현실에 대한 시인의 감각적 경험을 운율화하여 드러낸 것, 노래에 가까운 것이었다고 할 때, 이상의 시는 그러한 자리에서 멀리 떨어져 있었다. 그러니 당대 독자들이 느꼈을 충격은 사뭇 컸을 것이다.

〈오감도 - 시 제1호〉의 발표 지면을 살펴보면, 시를 구성하는 문자의 배치, 작품 텍스트 전체의 짜임새 등이 타이포그래피•적 특징을 드러내고 있다. 본문 활자는 굵은 고딕체로 되어 있고 시 행의 배치는 일정한 규칙에 따라 배열되어 있다. 〈오감도 - 시 제 4호〉와 〈오감도 - 시 제5호〉는 숫자 도판의 나열, 수학적 도형의 삽입 등으로 인해 언어적인 진술의 일반적인 틀에서 벗어나 있 다. 결국 이상의 시는 언어적인 진술과 시각적 이미지의 결합이 강조되고 있어서, '읽는 것' 못지않게 '보는 것'이 중요하다. 이러 한 작품들은 서구의 상징주의 시인인 말라르메의 시적 실험과 연 관성이 있다. 말라르메는 언어를 의미를 전달하는 소통의 도구에 서 꺼내어 언어의 음악성(소리)과 시각성(활자)이라는 언어 자체 의 물질적인 속성을 시의 재료로 활용했다. 이상의 시 역시 언어 의 의미적 요소 못지않게 시각적 요소를 중요시했다는 점에서 말 라르메의 실험과 상통한다.

이상 문학의 난해성은 일정 부분 건축 용어, 수학 용어, 의학 용어 그리고 일상생활과 동떨어진 추상어에서 비롯된다. 《이상 평전》을 쓴 고은은 이러한 이상 문학의 특징을 "일차원적인 치기

• '타이포그래피(**Typography**)'는 활자 서체의 배열을 말하는데, 특히 문자 또는 활판적 기호 를 중심으로 한 이차원적 표현을 말하고 디자인에 있어서 활자(活字)의 서체나 글자 배치 등 의 구성을 통해 어떤 의도를 표현하는 기법이다.

(稚氣)의 소산이자 현학(衒學) 취미"라고 평가하고 있다. 특히 그의 일본어 시 가운데 습작 수준에 머물고 있는 작품들은 일본의 고등 공업 교육에서 학습한 내용을 응용한 것에 불과하다고 주장한다.

요새 조선일보 학예란에 근작시 〈위독〉 연재 중이오. 기능어, 조직어, 구성어, 사색어로 된 한글 문자 추구 시험이오. 다행히 고평을 비오. 요 다음쯤 일맥의 혈로가 보일 듯하오.

- 김기림에게 보낸 편지에서

물론 이상의 초기 일본어 시에 그런 습작기 요소가 있다는 것은 대부분의 연구자들이 동의하는 것이다. 하지만 이상은 단순히 자신이 배운 바를 바로 써먹는 일차원적인 존재가 아니었다. 이상은 거기에서 머물지 않고 자신만의 언어를 구축하기 위한 실험을 지속한다. 김기림에게 보낸 편지에서 보이듯 '기능어, 조직어, 구성어, 사색어' 등 다양한 측면에서 언어를 실험하고자 노력한 것이다. 따라서 그의 난해성이 단순한 치기의 소산이라는 평가는 수정되어야 할 것이다. 이상 문학의 수학적 측면을 검토한 김용운은 수학적·물리학적 용어의 활용이 난해성을 가중시킨 것은 인정하면서도 그런 용어를 사용한 것은 이상의 사상적 경향을 더욱 효과적으로 드러내기 위한 필요 때문이었다고 평가한다. 즉 극도로 예민한 시인의 감각을 드러내기 위해 숫자의 간결한 표상을 적극적으로 활용했다는 것이다.

이상 시의 영향력

이상의 시가 한국 문단에서 차지하는 비중과 이후에 끼친 영향을 한마디로 정리하면, 한국 문단에 모더니즘 문학의 충격을 가했다는 것이다.

이상의 시에서 가장 먼저 확인할 수 있는 특징은 기존의 질서를 거부하고 모든 제약에서 벗어나고자 하는 다다이즘(Dadaism)이다. 이상의 시 대부분은 띄어쓰기를 무시하고 기존의 문법 질서를 파괴하는데, 이는 다다이즘의 부정(否定) 정신이 반영된 것이다. 이상의 시는 또한 초현실주의의 영향도 두드러진다. 초현실주의는 '상상력'을 정신의 가장 위대한 자유라고 믿고, 이성적인 의식 아래 잠재해 있는 상상력의 자유로운 발현을 목표로 삼았다. 이상의 시 역시 이러한 측면에서 얼핏 논리적으로 이해할 수 없는 문장들이 가득하다. 이상 시의 초현실주의적 측면은 이후 조향, 전봉건, 김수영, 김춘수 등에 의해 계승된다.

좋은 시인은 우리가 말할 수 없던 것, 말로는 담아낼 수 없던 것, 말의 테두리 바깥에 놓여 있던 어떤 것을 이쪽으로 가져오는 사람이다. 그런 맥락에서 이상을 좋은 시인이라 평가할 까닭은 분명하다. 그는 당시의 독자들이 이미 있는 말들을 누리는 것에

만족할 때, 말 너머의 세계, 근대를 넘어선 세계를 꿈꾸었다. 근대 과학이 인류의 눈을 태양계 너머로 넓혔듯 이상은 당대 조선의 사상과 지평을 근대 너머로 넓혀주었다.

키워드로

읽는

이상 시

이상한 가역반응

임의의반경의원(과거분사에관한통념)

원내의한점과원외의한점을연결한직선

두종류의존재의시간적경향성
(우리들은이것에관하여무관심하다)

직선은원을살해하였는가

현미경
그밑에있어서는인공도자연과다름없이현상되었다.

×　.

그날오후
물론태양이있지아니하면아니될곳에존재하고있었을뿐만아니
라그렇게하지아니하면아니될보조를미화하는일도하지아니하고
있었다.

발달하지도아니하고발전하지도아니하고
이것은분노이다.

철책밖의하얀대리석건축물이웅장하게서있었다
진진5″각바아의나열에서
육체에대한처분법을센티멘털리즘하였다.

목적이있지아니하였더니만큼냉정하였다.

태양이땀에젖은잔등을내려쬐었을때
그림자는잔등전방에있었다.

사람은말하였다.
"저변비증환자는부자집으로소금을얻으러들어가고자희망하고
있는것이다."
라고
…………

경향성 현상이나 사상, 행동 따위가 어떤 방향으로 기울어지거나 쏠리는 성향.

보조 걸음걸이의 속도나 모양.

바아 바(bar). 막대기 또는 막대기처럼 생긴 것.

센티멘털리즘 슬픔, 동정, 연민 따위의 감상을 지나치게 작품에 드러내려는 문예 경향.

이상한 가역반응 🔍

'가역반응(reversible reaction)'은 반응 조건(온도, 농도, 압력)에 따라 정반응과 역반응이 모두 일어날 수 있는 반응을 말한다. '정반응'이란 반응물이 생성물로 되는 반응으로 화학식에서 '→'로 표시한다. '역반응'이란 생성물이 반응물로 되는 반응으로 화학식에서 '←'로 표시한다. 즉 가역반응이란 정반응과 역반응이 함께 일어나는 반응으로, A와 B는 서로 반응하여 C와 D를 만들 수 있으며, 반대로 C와 D가 반응하여 A와 B를 형성할 수 있다. 가역반응의 대표적인 예는 광합성과 호흡이다. 광합성으로 이산화탄소와 물이 반응하면 포도당이 생기고, 호흡으로 포도당이 분해되면 이산화탄소와 물이 생기는 것을 들 수 있다.

　이상이 이 시에서 말하고 있는 '가역반응'은 화학적 반응이 아니라는 주장이 있다. '두 종류의 존재의 시간적 경향성'이라는 표현을 고려한다면 '시간의 비가역성(시간이 한 방향으로만 흘러가고 되돌리지 못하는 성질을 가진 것)'을 염두에 둔 표현으로 볼 수 있다는 것이다.

직선은 원을 살해하였는가   🔍

원 안의 점과 원 밖의 점을 연결한 직선이 원을 관통하는 모습을 말한다. 과녁을 꿰뚫고 지나가는 화살처럼 원과 직선이 만들어낸 이미지를 표현한 것이다. 여기서 떠올릴 수 있는 것은 엘 리시츠키라는 작가가 러시아혁명을 지지하며 제작한 <붉은 쐐기로 흰색을 쳐라>라는 포스터이다. 이상의 시와 엘 리시츠키의 포스터에서 공통적으로 확인할 수 있는 것은 기존 질서에 대한 거부와 파괴의 이미지이다.

진진 5"   🔍

일반적으로 '진진(眞眞)5″'를 '각도'로 해석하고 '5초'라는 아주 작은 각도로 풀이하고 있다. 이에 따르면 '진진 5″ 각 바아의 나열'은 '아주 촘촘하게 나열된 각진 막대기의 나열'이라 할 수 있는데, 이를 비유적인 표현으로 보아 '한낮의 내리쬐는 햇빛이 마치 백색의 대리석 건축물처럼 보이고 햇살이 대리석 기둥과 같다'는 뜻으로 풀이한다. 또 다른 해석으로는 이를 비유가 아닌 사실적 표현으로 보아 '5초 간격으로 시간이 나열된 시계판'을 색다르게 표현한 것이라 보기도 한다. 이렇게 볼 때 이 시는 시간의 흐름과 육체의 변화에 대한 상념을 다룬 작품으로 읽을 수도 있다.

최근 연구에 따르면 '진진(眞眞)'은 '심심(心心)'과 같으며 '한 재료의 중심에서 다른 재료의 중심까지의 거리'를 뜻한다고 한다. 이에 따르면 '5인치 정도의 간격을 둔 각목 막대의 연속'이라고 풀이할 수 있다. 이렇게 볼 때 '철책 밖의 하얀 대리석 건축물'은 서대문 바깥의 독립문을 의미하고, 각목 막대가 연속된 공간은 '서대문 형무소'를 의미하는 것으로 볼 수 있다.

변비증 환자 🔍

마지막 연에서 '사람'은 '조선 사람', '부잣집'은 '일본', '변비증 환자'는 이상 자신을 의미한다. 식민지화가 진행되고 있는 당대 조선의 현실을 꿰뚫어보면서도 그것을 어쩌지 못하고 괴로워하며 동시대인들에게 이해받지 못하는 존재, 그가 바로 시인 이상이었다. 마지막 연은 당대 조선 사람들의 눈에 비친 이상 자신의 모습에 대한 서술이며, 동시에 자신이 변비증 환자처럼 현실을 소화하지 못하고 있다는 인식이 담긴 표현이라 할 수 있다. 그렇기에 이상은 아무런 답변을 하지 못하고 말줄임표로 시를 마무리하고 있다.

이 시는°°°°°°

이 시는 이상이 김해경이라는 본명으로 맨 처음 발표한 작품이다. 이상은
《조선과 건축》1931년 7월호에 <이상한 가역반응>, <파편의 경치>, <▽의
유희>, <수염>, <BOITEUX • BOITEUSE>, <공복> 이렇게 6편의 시를
발표한다. 《조선과 건축》은 일본어로 된 월간지로서 조선건축회가 발행하
는 간행물이었다. 주로 건축학, 건축의 실제 도면과 수식, 좌표 등이 많이 들
어간 책자였는데, 이상의 시는 이 잡지의 후반부에 수록되어 있다. 이후에
도 이상은 이 잡지에 연작시 <조감도>, <삼차각설계도>, <건축무한육면각
체>와 단편소설 <지도의 암실> 등을 발표했다. 이상이 정지용의 소개로《가
톨릭청년》에 한국어 시를 발표하기 이전까지《조선과 건축》은 그의 작품이
게재되는 유일한 매체였다.

<이상한 가역반응>은 이상이 발표한 첫 번째 작품인데, 이상 시의 특징인
'난해시'로서의 면모가 뚜렷하다. 'ｘ' 표기를 기준으로 전반부와 후반부로
나눌 수 있는 이 시에 대해 여러 가지 해석이 제기되고 있다. 그 가운데 하
나는 전반부에 점, 선, 원이 등장하는 '기하학적 상상력'을 중심으로 이상의
수학적·건축학적 관심이 반영되어 있고, 후반부는 화자가 화장실에 앉아
철책 너머를 내다보며 떠올리는 상념으로 구성되어 있다는 것이다.

하지만 다른 해석도 존재한다. 식민지가 된 조선의 현실을 고도의 상징

적 수법을 통해 풍자한 것이라는 해석, 일본의 고등 공업교육을 받은 이상이 비일상적인 건축용어에 매혹되어 기존의 일상적 언어에서 탈피하려는 시적인 시도에 불과하다는 해석, 식민지화와 근대화가 동시에 진행되는(정반응과 역반응이 동시에 일어나는 이상한 가역반응) 조선의 현실을 지켜보고 있던 이상 자신의 고뇌가 담긴 작품이라는 해석 등이 있다.

권영민은 이 시를 기하학적 존재에 대한 단상으로 이루어진 전반부와 화장실에서 떠오르는 상념에 대한 서술로 이루어진 후반부로 구성되어 있다고 설명하고, 과학 문명의 발달과 그 변화에 대한 개인적 상념을 자유롭게 보여주면서 동시에 내면의 욕망을 자유로운 상상력으로 드러낸 작품이라 평가한다. <이상한 가역반응>은 현미경이라는 과학기구에서 떠오른 근대 문명의 문제가, 'ㅈ'라는 기호로 분리된 후반부에서는 현실로 확대·심화되어 나타나고 있다는 것이다.

전반부에 기하학의 점과 선을 넣어 표현한 다다이즘의 영향이 나타나고, 후반부의 상념에는 조선의 현실과 이상 자신의 삶에 대한 고뇌가 담겨 있다고 할 수 있다는 것이다. 그런데 이와 같이 작품을 이해할 경우 전반부와 후반부의 연결고리가 문제이다. 한 편의 작품으로 묶여 있는 전반부와 후반부가 어떤 내적인 맥락을 갖고 있는가에 대한 설명이 미흡하다.

문학평론가 신형철은 이 작품의 표현 자체에 주목하고 거기에서 찾아낼 수 있는 점을 철저하게 규명하는 접근법을 취하고 있다. 그의 해석에 따르면 전반부는 기하학적 존재에 대한 서술이다. 어떤 원의 안과 밖의 두 점이 있었는데, 이 두 점이 직선으로 연결되면서 원이 살해되었다. 이를 달리 풀이하면 기존의 질서(원)가 자리 잡은 상태에서 뒤늦게 등장한 새로운 존재(두 점을 연결한 직선)로 인해 기존의 질서가 무너졌다는 것이다. 후반부는 '원의 살해'라는 사건을 겪은 화자의 반응과 심리를 보여주는데, 화자는 시계를 보면서 자신의 육체를 어떻게 처분할 것인가에 대한 상념에 빠진다. 육체에 대한 상념이란 점에서 이 사건이 '의학적' 사건임을 짐작할 수 있는데, 이상의 개인사를 고려한다면 이는 결핵 발병과 관련되는 상념을 의미하는 것으로 풀어볼 수 있다.

이상은 이 시를 발표하기 1년 전에 결핵 판정을 받았고, 당시 연재 중이던 장편을 마무리한 다음 반년간의 시간을 침묵으로 보낸다. 그 이후 처음 발표한 시가 바로 이 작품이라는 점에서 '이상한 가역반응'이 '결핵 환자 이상의 갑작스러운 출현'을 의미하고, '직선에 의한 원의 살해'란 결핵 발병으로 인한 기존 삶의 붕괴를 의미하는 것이라고 볼 수 있다. '가역반응'을 이상이 결핵 발병 이전으로 복귀할 가능성을 꿈꾸는 것이라 본다면, 이 시는 당시 이상을 지배하고 있었던 존재론적 고뇌(결핵이 지배하게 된 육체에 대한 고민)를 기하학의 언어(원과 직선)로 옮기고 거기에 화학용어(가역반응)로 된 제목을 붙여 과거 시간으로의 복귀를 꿈꾼 작품이라 할 수 있다.

선에 관한 각서 1

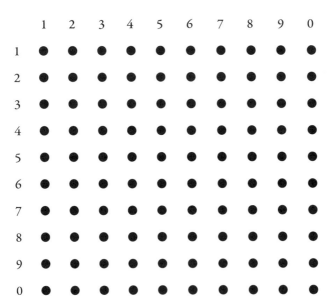

(우주는먹에의하는먹에의한다)

(사람은숫자를버리라)

(고요하게나를전자의양자로하라)

스펙톨

축X 축Y 축Z

　속도etc의통제예컨대광선은매초당300,000킬로미터달아나는것
이확실하다면사람의발명은매초당600,000킬로미터달아날수없다
는법은물론없다. 그것을기십배기백배기천배기만배기억배기조배
하면사람은수십년수백년수천년수만년수억년수조년의태고의사
실이보여질것이아닌가, 그것을또끊임없이붕괴하는것이라고하는
가, 원자는원자이고원자는원자이다, 생리작용은변이하는것인가,
원자는원자가아니고원자가아니다, 방사는붕괴인가, 사람은영겁
인영겁을살릴수있는것은생명은생도아니고명도아니고광선이라
는것이다.

　취각의미각과미각의취각

　(입체에의절망에의한탄생)
　(운동에의절망에의한탄생)
　(지구는빈집일경우봉건시대는눈물이날만큼그리워진다)

스펙톨 스펙트럼

영겁 영원한 세월

취각 냄새를 맡는 감각

멱, 숫자, 전자의 양자

'멱(冪)'은 거듭제곱을 뜻한다. '우주가 멱에 의하는 멱에 의한다'는 말은 우주가 무한대의 세계임을 뜻한다. '사람은 숫자를 버리라'는 것은 무한대의 우주에 비해 인간의 수학이나 과학은 보잘것없는 것임을 인정하라는 의미이다. '전자의 양자'는 원자핵의 중심을 이루는 '양성자'를 의미한다. 따라서 '고요하게 나를 전자의 양자로 하라'는 것은 무한대인 우주의 중심에 서고자 하는 욕망을 암시한다.

속도 etc의 통제

빛은 1초에 약 30만 킬로미터를 간다. 상대성이론에 의하면 빛보다 빠른 것은 없다. 그 어떤 것도 빛의 속도를 앞설 수 없는데, 화자는 사람의 발명이 그 두 배의 속도인 60만 킬로미터로 달아날 수 있다고 한다. 현실에서는 그런 속도를 찾을 수 없지만, 상상 속의 가상 실험에서는 빛을 앞서는 방법을 알아내어 시간을 거스를 수도 있음을 말하는 것이다.

절망에 의한 탄생 🔍

'입체에의 절망에 의한 탄생'은 유클리드 기하학의 한계를 극복한 새로운 기하학의 출현을 의미한다. 기존에는 평면으로 한정되었던 유클리드 기하학은 이후 해석기하학을 통해 3차원 또는 그 이상의 차원을 다루는 논의로 확장된다. '운동에의 절망에 의한 탄생' 역시 기존의 뉴턴 물리학을 넘어서는 아인슈타인의 상대성이론의 등장을 의미한다.

그리워진다 🔍

'지구는 빈집일 경우'는 지금까지 인류가 이루어놓은 것들이 모두 사라진 상태로 되돌아간 경우를 말한다. '봉건시대'란 그런 과거의 시대를 뜻하므로 결국 현대 문명 이전의 상태로 되돌아가는 것이며, '눈물이 날 만큼 그리워진다'는 것은 문명 이전 상태에서 인간이 누렸던 행복에 대한 일종의 향수를 말한다. 결국 이 시의 마지막 문장에는 문명의 속박에서 벗어나려는 화자의 욕망이 담겨 있다.

<선에 관한 각서 1>은 총 7편으로 이루어진 <삼차각설계도> 연작시의 첫 번째 작품이다. '각서(覺書)'는 '어떤 일에 대한 의견이나 바라는 것을 상대에게 전달하거나 서로 확인하고 기억하기 위해 적어두는 문서'를 말한다. 시에 '각서'라는 제목을 붙인 것은 이 작품이 객관적이고 논증적인 태도를 취하고 있기 때문이다. <삼차각설계도>는 <선에 관한 각서 1~7>로 이루어진 연작시인데, 《조선과 건축》 1931년 10월호에 김해경이라는 이름으로 발표되었다. 이 시들은 모두 수학적·물리학적 개념을 다루고 있으며, 우주·태양·광선·시간 등과 같은 과학적 지식을 동원하여 인간 존재에 대한 다양한 상념을 그려내고 있다.

<삼차각설계도> 연작은 다양한 패러디 방식에 의한 구성, 몽타주 기법에 의한 시상의 전개, 비약과 생략에 의한 시상의 변주 등 당대 문단에서 보기 드문 모더니즘적 실험을 시도하고 있다. 특히 이들 작품에서는 수학과 물리학 용어가 그대로 사용되고 있으며, 상대성이론 같은 최신 물리학 이론을 바탕으로 인간 존재에 대한 다양한 상념을 표현하고 있다. 이상이 이 작품을 구상할 당시는 전 세계적으로 아인슈타인의 상대성이론으로 대표되는 물리학의 최신 이론이 과학뿐만 아니라 인문학과 예술 분야에 큰 영향을 미치던 시기였다. 이상이 이런 작품을 내놓은 것도 바로 이러한 새로운 과학

이론의 영향이 컸다.

<선에 관한 각서 1>은 X축과 Y축을 연상하게 하는 도표로 제시된 전반부와 우주와 인간에 대한 상념을 다루는 후반부로 나눌 수 있다. 도표로 제시된 전반부는 데카르트에 의해 만들어진 해석기하학의 기본 개념을 시각화하여 표현한 것이다. 해석기하학은 어떤 한 점을 그 위치를 나타내는 숫자로 바꾸어 표현할 수 있다는 것을 보여준다. 데카르트는 대수학을 기하학에 적용하여 한 점의 위치를 한 쌍의 수(예를 들면, 어떤 점 P의 위치는 P(x, y)로 표현할 수 있다.)로 표현했다. 이러한 도판 이미지는 우주를 비롯하여 관념적으로 존재하는 형이상학적 세계를 형태로 표현하고자 하는 시도이다. 시의 대상물을 언어로 묘사하는 대신 조형 이미지를 활용하여 무한한 시공간 개념을 구체적으로 나타낸 것이다. 특히 여기서 점이나 숫자가 전달하는 추상성은 무한한 우주의 형태를 강조하는 효과를 준다. 언어로 표현하기 어려운 무한에 대한 감각을 시각적으로 표시한 상징물이다.

후반부는 화자의 상념을 담은 괄호로 표현된 부분과 빛의 본질에 대한 논의를 담은 부분, 다시 괄호로 화자의 상념을 담은 부분으로 나누어 볼 수 있다. 그런데 시상의 흐름이 분절적으로 나뉘어 있어 내적 연관성을 파악하기 어렵다.

여기서 눈여겨볼 것은 이상의 시간에 대한 상념과 관심이다. 이상은 상대성이론의 여러 측면 중에서도 '시간여행'의 가능성에 관심을 보인 듯하다. 상대성이론에서는 인간이 빛의 속도에 가깝게 움직일 수 있게 되면 미래로의 시간여행이 가능하다고 한다. 하지만 이상은 과거로의 시간여행을 꿈꾸는 것처럼 보인다. '태고의 사실'을 거론하기 때문이다. 이상에게 과거로의 회귀는 자신이 폐결핵 선고를 받기 이전으로 돌아가는 것이다. 그런 이유로 현실 속에서는 불가능한 시간여행을 이 작품에서 꿈꾼 것이 아닐까.

AU MAGASIN DE NOUVEAUTES

사각형의내부의사각형의내부의사각형의내부의사각형의내부
의사각형.

사각이난원운동의사각이난원운동의사각이난원.

비누가통과하는혈관의비눗내를투시하는사람.

지구를모형으로만들어진지구의를모형으로만들어진지구.

거세된양말. (그여인의이름은워어즈였다)

빈혈면포, 당신의얼굴빛깔도참새다리같습네다.

평행사변형대각선방향을추진하는막대한중량.

마르세이유의봄을해람한코티의향수의맞이한동양의가을.

쾌청의공중에붕유하는Z백호. 회충양약이라고씌어져있다.

옥상정원. 원후를흉내내이고있는마드무아젤.

만곡된직선을직선으로질주하는낙체공식.

시계문자반에XII에내리워진일개의침수된황혼.

도어의내부의도어의내부의조롱의내부의카나리아의내부의감
살문호의내부의인사.

식당의문깐에방금도달한자웅과같은붕우가헤어진다.

파랑잉크가엎질러진각설탕이삼륜차에적하된다.

명함을짓밟는군용장화. 가구를질구하는조화금련.

위에서내려오고밑에서올라가고위에서내려오고밑에서올라간
사람은밑에서올라가지아니한위에서내려오지아니한밑에서올라
가지아니한위에서내려오지아니한사람.

저여자의하반은저남자의상반에흡사하다. (나는애련한해후에
애련하는나)

사각이난케이스가걷기시작이다. (소름끼치는일이다)

라지에이터의근방에서승천하는굿바이.

바깥은우중. 발광어류의군집이동.

해람하다 배가 항구를 떠나다.

붕유하다 떠다니다.

원후 원숭이.

감살 문호 빛만 받아들이고 여닫지 못하는 문.

적하 짐을 실음.

질구하다 질주하다(빠르게 달리다).

이 시는 <건축무한육면각체>라는 연작시의 첫 번째 작품이다. '육면각체'는 사실 수학에서는 쓰이지 않는 말이다. 여섯 개의 면이 만나는 입체라는 말인데, '오일러의 다면체 공식'에 따르면 육면각체는 존재할 수 없다고 한다. 다만 '무한'이라는 수학적 개념을 고려하여 '무한육면각체'를 여섯 개의 면이 한 점에서 만나고 반대쪽이 무한으로 벌어진 입체를 가정한다면 그 존재를 인정할 수 있다고 한다. 여기서는 현대 건축물의 기하학적 모형을 상징적으로 표현한 것이라는 정도로 이해하면 된다.

'AU MAGASIN DE NOUVEAUTES'는 프랑스어로, '마가장 드 누보테에서' 또는 '새로운 것들로 가득 찬 가게'로 번역할 수 있다. '마가장 드 누보테'는 1830년대 프랑스 파리에서 번성했던 의류 판매점으로 백화점의 원형에 해당한다. 당시 가게들이 대체로 어둡고 우중충한 분위기에서 점원이 손님을 기다리는 수준에 머물렀던 것에 비해, '마가장 드 누보테'는 밝고 큰

쇼윈도와 널찍한 공간, 그리고 물건들을 돋보이게 하는 조명을 도입하면서 근대적인 상점의 모델을 제시했다. 제목의 뜻을 알게 되면 이 시가 백화점과 관련된 내용이라는 점을 짐작할 수 있다.

사각형의 내부의 사각형

이 시의 첫 행은 백화점 건물의 내부를 묘사한 것이다. 건축물의 설계도면을 펼쳐놓고 보면 건축물의 구조가 '사각형 내부의 사각형'이 반복되는 형태라는 것을 쉽게 확인할 수 있다. '사각형 내부'의 반복은 사각형의 폐쇄성을 부각한다.

이어지는 행은 회전문을 묘사한 것이다. 이 시에서는 회전문 이외에도 에스컬레이터, 엘리베이터 같은 현대식 건축물에 도입된 기계장치에 대한 묘사가 두드러진다. '평행사변형 대각선 방향을 추진하는 막대한 중량'은 에스컬레이터의 모습을, '사각이 난 케이스가 걷기 시작이다.(소름 끼치는 일이다)'는 엘리베이터의 모습을 표현한 것으로 보인다.

코티의 향수

3행부터는 백화점에 진열된 상품들을 묘사하는 내용이 이어진다. 진열대 안에 놓인 비누, 지구의(지구본), '워어즈'라는 상표의 여성용 양말(스타킹과 유사한 형태의 양말), 프랑스 마르세유의 향기를 담은 '코티'라는 이름의 향수 등을 나열하고 있다.

Z백호

9행에서는 백화점 위에 거대한 새처럼 떠 있는 비행선을 묘사한다. 'Z백호'는 세계 최초로 비행선을 제작한 독일인 체펠린(Zeppelin)의 이니셜을 따온 표현인데, 비행선을 지칭하는 말로 널리 쓰였다. 큰 건물의 상공에 광고를 보여주기 위해 애드벌룬을 띄우는 것처럼 당시에는 비행선을 활용했는데, 거기에 '회충 양약' 광고가 쓰여 있다. 이어서 화자는 옥상정원에 올라 옥상 정원의 모습과 옥상정원에서 내려다본 길거리의 모습을 묘사하고 있다.

위에서 내려오고 밑에서 올라가고   🔍

17행에서는 에스컬레이터로 오르내리는 사람들을 묘사한다. 위쪽을 향하는 에스컬레이터와 아래쪽을 향하는 에스컬레이터의 교차 장면을 서술하며 그 행렬이 끊이지 않고 이어짐을 보여주고 있다. 오르내리는 교차 과정에서 여자의 하반신과 남자의 상반신이 비슷한 높이에서 엇갈리는 모습을 포착하고 이를 '애련한 해후'라고 표현하고 있다.

바깥은 우중. 발광 어류의 군집 이동   🔍

바깥에는 비가 내린다. 그 비를 맞으며 길에는 자동차들이 헤드라이트를 켜고 이동하고 있다. 그 모습이 마치 바닷속 어류의 이동처럼 보인다. 화자는 어두운 거리를 달리는 자동차들의 모습에서 깊은 바닷속 어류를 떠올린 것이다. 방향도 없이 형태도 없이 그저 거대한 무리로 뭉쳤다가 흩어지길 반복하며 이동하는 발광 어류들. 그 어류의 군집 이동은 자본을 따라 움직이는 현대인들의 상징과도 같다.

이 시는 제목의 뜻을 알고 백화점이라는 공간을 떠올릴 수 있다면 그다지 어렵지 않게 이해할 수 있다. 이 시는 1931년 당시 이상이 막 개장한 경성 미쓰코시 백화점을 둘러보고 그 소회를 담은 작품으로 알려져 있다. 백화점은 온갖 상품들이 진열되어 판매되는 곳으로, 자본주의가 가장 화려하게 가동되는 곳이다. 그런데 대중 소비문화의 한복판이라 할 백화점에서 이상은 '근대를 빙자한 전근대'에 대한 실망과 냉소와 자괴감 등을 드러낸다. '원후를 흉내 내이고 있는 마드무아젤', 즉 '원숭이를 흉내 내고 있는 여성'이란 표현이 이를 상징적으로 보여준다.

이 시의 특징은 백화점을 기하학적인 관점에서 묘사한다는 것이다. 백화점이라는 공간의 특성을 '사각형 내부의 사각형……'과 같이 서술하며 내부 구조를 기하학적 도형으로 환원하여 설명하는 것이나, 에스컬레이터와 엘리베이터 등의 움직임을 '평행사변형 대각선 방향을 추진하는, 사각이 난 원운동, 사각이 난 케이스가 걷기 시작이다'와 같이 표현하는 것이 바로 그것이다. 당시 사람들의 눈을 매혹했을 최첨단의 시설과 화려한 내부 장식이 가득한 백화점이란 공간을 기하학적 도형으로 추상화했다는 점에서 시인이 시적 대상과 일정한 거리를 두고 있음을 알 수 있다.

시에는 백화점 내부의 상품대 풍경이 제시되는데, 백화점에 전시된 여러

신기한 상품들 가운데 화자는 주로 여성용품에 관심을 보인다. 진열대에 놓인 비누라든지, 여성용 양말, 그리고 '코티' 향수 같은 여성용품들의 나열을 통해 자본주의의 소비문화를 보여준다. 뒤이어 화자는 백화점 옥상정원으로 이동하여 하늘의 비행선을 보고, 옥상에서 내려다본 풍경들을 묘사한다. 여기저기 떨어진 광고 전단지, 상품을 싣고 내리는 삼륜차, 빗속을 달리는 자동차들을 통해 1930년대 경성의 근대 풍경을 보여주고 있는 것이다.

차8씨의 출발

균열이생긴장가니영의땅에한대의곤봉을꽂음.

한대는한대대로커짐.

수목이성함.

　이상꽂는것과성하는것과의원만한융합을가르침.

　사막에성한한대의산호나무곁에서돼지와같은사람이생매장을
당하는일을당하는일은없고쓸쓸하게생매장하는것에의하여자살
한다.

　만월은비행기보다신선하게공기속을추진하는것의신선이란산
호나무의음울함을더이상으로증대하는것의이전의것이다.

　윤불전지 전개된지구의를앞에두고서의설문일제.

　곤봉은사람에게지면을떠나는아크로바티를가르치는데사람은
해득하는것은불가능인가.

　지구를굴착하라.

　동시에

　생리작용이가져오는상식을포기하라.

　열심으로질주하고 또 열심으로질주하고 또 열심으로질주하고
또 열심으로질주하는 사람은 열심으로질주하는 일들을 정지한다.

사막보다는정밀한절망은사람을불러세우는무표정한표정의무지
한한대의산호나무의사람의발경의배방인정방에상대하는자발적인
공구로부터이지만사람의절망은정밀한것을유지하는성격이다.

지구를굴착하라.

동시에

사람의숙명적발광은곤봉을내어미는것이어라.[*]

*사실차8씨는자발적으로발광하였다. 그리하여어느덧차8씨
의온실에는은화식물이꽃을피워가지고있었다. 눈물에젖은감
광지가태양에마주쳐서는희스무레하게광을내었다.

장가니영, 곤봉

이 시의 첫 행을 풀이하면 '균열이 생긴 농가의 진흙탕 땅에 한 대의 곤봉을 꽂음'이다. 문제가 되는 것은 '진흙탕 땅'과 '곤봉'을 무엇이라 볼 것이냐 하는 점이다. 이 작품을 성애(性愛)를 다룬 작품으로 이해하려는 시도는 이 문장에서 비롯한 바가 크다. '곤봉'을 남성의 생식기로, '장가니영'을 여성의 생식기로 풀이하면 이 문장은 말 그대로 남녀가 사랑을 나누는 장면을 묘사한 것으로 볼 수 있기 때문이다.

하지만 이와 달리 '곤봉'을 '구본웅'의 이름을 말놀이로 바꾼 것이라는 주장도 있다. 이에 따르면 이 시는 이상이 자신의 절친한 친구인 구본웅에 대한 애정과 찬사를 담은 것이다.

윤불전지(輪不輾地)

이 말은 《장자》의 <천하> 편에서 가져온 것으로, 원래는 '윤부전지'라고 읽어야 한다. 그 뜻은 '바퀴의 둘레에서 땅에 닿는 곳은 한 점에 지나지 않으며 둘레가 아니다. 그러므로 바퀴는 땅에 닿지 않는다.'이다. 즉 '수레바퀴는 땅에 구르지 않는다.'라는 뜻인데, 구본웅에 대한 시로 본다면 이는 구본웅의 절뚝거리는 걸음걸이를 은유적으로 표현한 것이라 하겠다.

지면을 떠나는 아크로바티

'곤봉은 사람에게 지면을 떠나는 아크로바티를 가르치는데 사람은 해득하는 것은 불가능인가'라는 대목은 구본웅의 예술 세계와 관련되는 표현이다. '곤봉'을 '구본웅'을 가리키며, '지면을 떠나는 아크로바티'는 구본웅의 예술 세계가 '일상을 벗어나 어떤 경지에 이르게 됨'을 뜻한다. 구본웅이 자신의 예술 세계를 꽃피워 세속의 사람들과는 함께 땅을 딛지 않는다는 것이다. 한마디로 이상이 친구인 구본웅에게 보내는 찬사라 할 수 있다.

숙명적 발광

'곤봉'을 남성의 생식기로 풀이한다면 발광은 '발기'를 의미할 것이다. 그리고 '곤봉을 내어미는 것'은 생식력의 강력한 활동이 꺾이지 않음을 강조하는 표현으로 볼 수 있다.

'차8씨의 발광'을 구본웅이 자신의 예술적 기질을 마음껏 풀어내는 것으로 풀이한다면, '온실에 은화식물이 꽃을 피워가는 것'은 구본웅의 작업실(온실)에 자신이 그린 그림(은화식물)들이 하나둘씩 쌓이는 것이라 볼 수 있다. 감광지가 희미하게 빛을 낸다는 것은 점차 구본웅의 그림이 사람들의 관심을 끌며 세상에 알려지는 것을 말한다.

이 시는 ⃝⃝⃝⃝⃝

이 시는 1932년 《조선과 건축》에 <건축무한육면각체>의 연작시 중 하나로 발표되었다. 이상의 난해시 중에서도 난해하기로 손꼽히는 작품으로, 제목 인 '且8氏'에 대한 해석부터 구구하다. '차(且)'는 '또 차, 공경스러울 저' 등 으로 읽을 수 있는데, '구차하다'나 '중차대하다' 같은 단어에 쓰이는 말이 다. 그런데 이 단어를 어떻게 읽느냐, 더 나아가 제목을 어떻게 읽느냐에 따 라 시의 해석이 달라진다.

그 가운데 몇 가지를 소개해 보면 이렇다.

'且8氏'의 회화적 이미지를 강조해서 '且'는 모자 모양, '8'은 눈사람이나 오뚜기 모양을 뜻하므로 결국 모자를 쓰고 있는 눈사람 형상을 뜻한다는 주장. (이어령)

항문적 새디즘의 표현으로 'X발씨'와 같은 성적 욕설의 의미를 담고 있 는 성적 이미지를 형상화한 것이라는 주장. (이승훈)

'且8'은 남성의 생식기를 형상화한 것이라는 주장. (고은)

'且8'은 '具(구)'의 형상을 '且 + 八'로 풀어쓰기 한 다음 '八'을 숫자 8로 바꾸어놓은 일종의 한자 파자놀이에 해당하고, '且8氏'란 결국 이상의 절친한 친구 구본웅을 의미한다는 주장. (권영민)

'且8氏'를 '또 + 여덟 + 사람'으로 풀어 '또 팔 사람', '또 (땅을) 파내려는 사람', 즉 지칠 줄 모르고 땅을 파내려 하는 인간의 분투를 의미한다는 주장. (김민수)

당시 'Z백호(이상의 시 <AU MAGASIN DE NOUVEAUTES>에 나옴)'의 제작자인 독일 백작 '제플린(체펠린)'의 이름으로, '且8(저팔 또는 차팔)'은 '제플(체펠)'을 지시한다는 주장. (송민호)

위에서 소개한 주장을 보아도 알 수 있듯이, 한 편의 시를 놓고 갈라지는 해석의 차이가 사뭇 크다. 그리고 이들 모두를 묶을 수 있는 공통적이고 일반적인 해석을 찾아내기는 불가능에 가깝다. 따라서 여기서는 이 시의 의미에 대한 일반적인 해석을 소개하기보다는 연구자들의 해석 몇 가지를 소개하기로 한다.

《이상 평전》을 쓴 시인 고은은 이상의 성적(性的) 편벽, 그의 자유로운 연애 행각에 주목하여 이 시가 성교 혹은 성애를 다루는 작품이라고 풀이했다. 이에 따르면 이 작품은 일종의 성교 행위를 고도의 상징 수법을 이용하여 표현한 것으로 볼 수 있다.

권영민은 '且8氏'를 구본웅을 뜻하는 것으로 풀고, 시 속의 '곤봉'은 불구가 된 구본웅의 육신을 표현한 것이라고 본다. 그리고 이 시는 꼽추라는 불구의 육신을 가진 구본웅이 한 사람의 화가로 성장한 것을 보여주며, 그의 외모와 성격에 대한 묘사와 구본웅의 예술적 감각에 대한 찬사가 담긴 작품이라는 것이다. 이러한 풀이에 따르면, 이상은 친구인 구본웅에게 바치는 예술적 찬사를 한 편의 시로 빚어낸 것이다.

디자인의 관점에서 이상의 시를 연구한 김민수에 따르면, 이 시는 황폐한 진창과 같은 현실에서 지면 위로 솟아 올라가는 존재의 해방을 꿈꾼 것이라 한다. 여기서 '且8氏'는 이상 자신을 뜻하며, 이 시가 이상의 삶을 다루고 있다는 것이다. 척박한 진창에 꽂은 한 자루의 곤봉이 산호나무처럼 아름답고 찬란하게 자랐으나 각혈에 의해 외로운 자살을 맞게 되는 과정을 그린 것이라 설명한다. 특히 작품 속의 '곤봉'을 '말뚝'으로 풀이하고 이를 당시 새로운 건축술이라 할 필로티(건물의 1층은 기둥만 있고 2층 이상에 방을 짓는 건축 방법)의 '기둥'과 연관 지어 설명하는 것이 독특하다.

마지막으로 송민호는 이 작품을 한 인간에게 내재한 한계성을 넘어서고자 하는 관념 실험의 일종으로 보았으며, 궁극적으로는 인간이 만들어낸 도구에 스스로 종속되는 양상을 비유한 것이라고 해석한다.

그의 주장에 따르면 '且8氏'는 비행선 'Z백호'의 제작자 '제플린'을 의미하는데, 이상은 비행선으로 상징되는 첨단 비행 기술과 기계 문명이 이루어 놓은 현대성이 결국 인간들 사이의 균열을 만들어내는 절망의 구조를 띠고 있음을 간파하고 있었다는 것이다.

이상의 풀이를 유형별로 묶어보면 크게 네 가지이다.

① 성교와 관련된 성적 행위를 표현한 것
② 친구인 구본웅의 예술과 삶을 표현한 것
③ 이상 자신의 예술과 삶을 표현한 것
④ 근대 문명의 현대성을 표현한 것

하지만 이 시는 모두가 합의할 수준의 해석을 찾기 어렵다. 그런 점에서 이 작품은 이상 시의 난해성을 잘 보여준다. 여러 해석 가운데 어느 것이 옳

은지를 따지는 것은 무의미하다. 그보다는 각각의 해석이 선택하고 있는 해석의 근거를 따져보고, 의미를 좀 더 풍요롭게 만드는 해석이 무엇일지를 생각해 보는 것이 이 시를 감상하는 올바른 방법이라 하겠다.

꽃나무

벌판한복판에 꽃나무하나가있소 근처에는 꽃나무가하나도없소 꽃나무는제가생각하는꽃나무를 열심으로생각하는것처럼 열심으로꽃을피워가지고섰소. 꽃나무는제가생각하는꽃나무에게갈수없소 나는막달아났소 한꽃나무를위하여 그러는것처럼 나는참그런이상스러운흉내를내었소.

꽃나무 하나   🔍

벌판에 꽃나무 한 그루만 서 있을 뿐이다. '한 그루의 꽃나무만 자리한 벌판'이라는 풍경은 우리에게 낯설다. 이는 일상의 모습을 언어로 재현한 것이 아니라 화자의 관념으로 만들어낸 풍경으로 볼 수 있다. 즉 벌판 한복판에 홀로 선 꽃나무는 시인이 창조한 가상의 모습인 것이다. 그러니 '꽃나무 하나'는 자연 그대로의 꽃나무가 아닌 어떤 상징으로 보아야 한다.

그렇다면 무엇에 대한 상징일까? 전통적으로 '꽃'은 여성과 관련된 상징으로 자주 쓰이기도 하지만, 우리가 여기서 주목해야 할 것은 꽃나무가 상징하는 것이 무엇이건 간에 그것이 고립되어 있고 고독하다는 점이다.

제가 생각하는 꽃나무   🔍

화자는 자신이 바라보는(생각하는) 꽃나무에 인격을 부여하고 있다. 그래서 그 꽃나무는 스스로 자신의 이상적인 모습에 대해 생각한다. 그러니까 벌판에 홀로 서 있는 꽃나무가 현실적인 자아라면, '제가 생각하는 꽃나무'는 이상적인 자아라 할 수 있다. 아름답게 꽃을 피워내는 것이 꽃나무가 바라는

81

이상적인 자신의 모습이다. 하지만 꽃나무는 자기가 생각하는 꽃나무에 이를 수 없다고 한다. 왜일까?

'꽃나무'를 화자의 모습이 투영된 존재라고 생각해 보면, 화자는 현실적인 문제 때문에 자신이 바라는 이상적인 모습에 다가갈 수 없다고 생각하는 것이 아닐까?

막 달아났소 🔍

화자가 직접적으로 드러나는 부분이다. '나'는 꽃나무가 제가 생각하는 꽃나무에게 갈 수 없기 때문에 막 달아났다고 한다. 앞에서 말한 것처럼 '나'와 꽃나무를 동일시해 보면, 화자는 이상적인 모습에 이를 수 없기 때문에 달아난 것이다. 그렇다면 달아난다는 것은 '회피'나 '도피' 같은 말로 이해할 수 있을 것 같다. 화자는 황량한 벌판에 홀로 서 있는 것같이 고독하지만, 그래도 그러한 상황에 좌절하기보다 열심히 자신의 이상적인 모습을 그려 보았다. 그러다 생각에서 빠져나오는 순간 다시 고독한 현실과 마주하게 된다. 아무리 열심히 생각해 봤자 실제로 이를 수 없다면 회피하거나 도피하고 싶을 것이다.

이상스러운 흉내

화자가 흉내 낸 대상은 '꽃나무'이다. 꽃나무는 화자가 자신의 관념 속에서 그려낸 대상인데, 화자는 그 관념 속 대상을 흉내 낸 것이다. 즉 꽃나무가 이상적인 모습을 열심히 생각하고 거기에 이르려고 했던 것을 흉내 내었다는 말이다. 그러나 이상적인 모습이 애초에 도달하기 어려운 것이라면, 화자가 흉내 내었던 일은 쓸데없거나 이상한 것일 수밖에 없다.

이상의 초기 시는 일본어로 쓴 것들이다. 그러다 1933년 《가톨릭청년》이라는 잡지에 한국어로 쓴 시 <꽃나무>를 발표했다. <꽃나무>는 이상이 한국어로 발표한 첫 번째 시이며, 이후로 일본어로 된 시를 발표하지 않았다.

이상의 문학 세계를 살펴보면 일본어로 쓴 작품들은 주로 수학이나 과학, 현대 문명에 대한 관념적 사고가 지배적이었다. 그런데 <꽃나무> 이후의 작품들에서는 이상 개인의 삶을 바탕에 둔 작품들, 현실과 밀접한 소재를 활용하는 작품들의 비중이 확연히 늘어난다. <오감도> 연작에서는 여전히 숫자나 도표를 활용하기도 하지만, 이는 이전의 일본어 작품들과 연관성을 갖고 있기 때문이다. <꽃나무>는 이상의 일본어 시와 한국어 시를 구분하는 기준점이 되면서 동시에 둘 사이를 이어주는 다리 역할을 한다.

<꽃나무>는 이상의 시에서 일관되게 드러나는 현실에 대한 비극적인 인식 태도가 그대로 담겨 있다. 난해한 이상의 작품들 가운데 비교적 선명한 이미지와 서정적 어조로 되어 있어 그나마 이해할 만하다. 작품은 모두 6개의 문장으로 이루어져 있는데, 꽃나무의 상황을 묘사하는 전반부의 네 문장과 화자 자신에 대한 진술로 되어 있는 후반부의 두 문장으로 나누어 살필 수 있다. 꽃나무와 화자 자신은 일종의 유비추리 관계로, 꽃나무에 대한 이야기와 화자에 대한 이야기는 서로 포개어지는 것이라 볼 수 있다.

이 작품에 대한 일반적인 해석은 꽃나무의 상황을 현실과 이상 간의 괴리로 보는 것이다. '제가 생각하는 꽃나무'는 이상적인 자아를 가리키고, 이에 현실적인 자아가 도달하고자 애쓰지만 결코 좁힐 수 없는 불가피한 거리만을 깨닫는다는 것이다. 후반부에 꽃나무에서 달아나는 것은 이상적 자아(꽃나무)로 갈 수 없는 자신의 좌절을 회피하기 위한 것이다. 이렇듯 현실과 이상 사이의 거리를 보여주고, 그 거리를 넘어서려다 좌절하는 자아의 모습을 그린 것이 바로 이 작품이다.

이 시에 대한 다른 해석도 있다. '꽃나무'를 여성으로 보고, 사진 속 아름다운 여성의 모습을 탐하는 화자의 이야기로 읽어내는 것이다. 이는 이상이 여성에 대한 관심이 많았다는 점과 이상의 작품 가운데 여성을 '꽃'으로 나타낸 작품이 있다는 사실에 바탕을 둔 해석이다.

이런 시

역사를하노라고 땅을파다가 커다란돌을하나 끄집어내어놓고
보니 도무지어디서인가 본듯한생각이들게 모양이생겼는데 목도
들이 그것을메고나가더니 어디다갖다버리고온모양이길래 쫓아
나가보니 위험하기짝이없는큰길가더라.

그날밤에 한소나기하였으니 필시그돌이깨끗이씻겼을터인데
그이튿날가보니까 변괴로다 간데온데없더라. 어떤돌이와서 그돌
을업어갔을까 나는참이런처량한생각에서 아래와같은작문을지었
도다.

'내가 그다지 사랑하던 그대여 내한평생에 차마 그대를 잊을수
없소이다. 내차례에 못올사랑인줄은 알면서도 나혼자는 꾸준히
생각하리라. 자그러면 내내어여쁘소서.'

어떤돌이 내얼골을 물끄러미 치어다보는것만같아서 이런시는
그만찢어버리고싶더라.

목도 두 사람 이상이 짝이 되어, 무거운 물건이나 돌덩이를 얽어맨 밧줄
　에 나무막대기를 꿰어 어깨에 메고 나르는 일. 여기서는 '그런 일을 하
　는 사람'을 이르는 말.

커다란 돌을 하나 🔍

'역사(役事)'란 땅을 파는 토목공사나 건축일을 말한다. 공사를 하며 땅을 팠는데 거기서 커다란 돌이 하나 나왔다. 그런데 이 돌이 어디선가 본 듯한 돌이다. 일꾼들이 이 돌을 내다 버리는 걸 지켜보다 뒤늦게 따라나서서 큰길가에 놓고 온 것을 알게 된다. 이 돌은 아마도 아직 다듬어지지 않은 어떤 것, 어떤 가능성의 상태일 것이다. 그것은 일반적인 사물 그 자체일 수도 있고, 옥구슬이나 금은보화 같은 귀중품이나 사랑하는 누군가일 수도 있다.

처량한 생각 🔍

화자는 어디서 본 듯한 돌을 끝내 알아보지 못한다. 이는 그 돌의 가능성이나 가치를 깨닫지 못했다는 말일 것이다. 그런데 밤사이 큰 비가 내렸다. 깨끗이 씻겼다는 것은 비로소 그 돌의 가치와 가능성 혹은 진면목이 드러나게 되었다는 것이다. 그런데 누군가가 그 진면목을 먼저 알아보고 말았다. 화자는 그 돌의 가능성을 어렴풋이 느꼈으되 참모습으로 이끌어내지 못했다. 그 안타까움이 처량한 생각으로 이어져 글을 쓰게 한다.

사랑하던 그대여 🔍

화자가 쓴 작문은 없어진 돌을 사랑하는 여인에 빗대어 표현한 글이다. 우리가 누군가를 사랑한다고 할 때, 그 누군가를 사랑하는 이유는 그가 미인이어서가 아니다. 우리가 그 누군가를 사랑하기 때문에 그가 미인이 되는 것이다. 사랑은 상대방을 믿고 온전히 내 모든 것을 내어주는 것이다. 그럴 때 그 대상은 비로소 완전한 사랑의 대상이 된다. 화자는 그것을 몰랐다. 누군가가 그 돌을 데리고 간 다음에야 비로소 알게 된다. 자신의 망설임 때문에 돌의 가치를 알아보지 못하고 떠나보내게 되었음을 깨닫는 것이다.

이런 시 🔍

'이런 시'는 화자가 써놓은 작문을 일컫는 말이다. 이 작문은 대상의 진정한 가치를 알아보지 못하고 놓쳐버린 자신의 부족함을 드러내는 고백이라 할 수 있다. 화자는 떠나간 돌이 다시 돌아와 그런 고백을 써놓은 화자가 어떤 표정을 짓고 있는지를 물끄러미 쳐다보는 것 같다고 했다. 그래서 부끄러운 것이고, 그 고백이 담긴 '이런 시'를 찢어버리고 싶어 하는 것이다.

이 시는 일종의 알레고리를 담고 있다. 작품의 앞부분은 공사 현장에서 파낸 '돌'에 대한 이야기이다. 공사장 인부들이 땅에서 큰 돌을 파냈는데 그걸 큰길가에 버렸고, 그날 밤 소나기가 내린다. 화자는 돌이 비에 깨끗이 씻겼으리라 생각하고 이튿날 나가 보니 돌이 온데간데없다. 화자가 처량한 마음에 편지를 써 돌이 사라진 아쉬움을 '사랑하면서도 그 사랑을 차지하지 못한 안타까움'에 빗대어 자신의 심정을 이야기하는 것이 작품의 뒷부분을 이룬다.

이 작품을 이해하는 핵심은 '돌'을 무엇으로 볼 것이냐 하는 점에 있다. 돌을 글자 그대로의 '돌'이 아니라 일반적인 사물 전체를 상징하는 것이라 본다면, 앞부분의 이야기는 사물의 본질이나 실체를 제대로 알아보려는 일에 대한 이야기라 해석할 수 있다.

뒷부분의 편지와 연관 지어 본다면, '돌'의 의미를 제대로 알아보기도 전에 '돌'이 사라지고, 사랑하는 대상을 잊지도 못하지만 그렇다고 자기에게 그 차례가 돌아오지도 못하는 사랑이라는 점에서 '상실'이라는 공통점을 발견할 수 있다.

거울

거울속에는소리가없소
저렇게까지조용한세상은참없을것이오

거울속에도 내게 귀가있소
내말을못알아듣는딱한귀가두개나있소

거울속의나는왼손잡이오
내악수를받을줄모르는 ― 악수를모르는왼손잡이오

거울때문에나는거울속의나를만져보지를못하는구료마는
거울아니었던들내가어찌거울속의나를만나보기만이라도했겠소

나는지금거울을안가졌소마는거울속에는늘거울속의내가있소
잘은모르지만외로된사업에골몰할게요

거울속의나는참나와는반대요마는
또꽤닮았소
나는거울속의나를근심하고진찰할수없으니퍽섭섭하오

DIE CHRISTLICHE KUNST

거 울

거울속에는소리가업소
저럿케까지조용한세상은참업슬것이오

◇

거울속에도 내게 귀가잇소
내말을못아라듯는딱한귀가두개나잇소

◇

거울속의나는왼손잡이오
내握手를바들줄몰으는——握手를몰으는왼손잡이오

◇

거울째문에나는거울속의나를만저보지못하는구료만은
거울아니엿든들내가엇지거울속의나를맛나보기만이라도햇겟소

◇

나는至今거울을안가젓소만은거울속에는늘거울속의내가잇소
잘은모르지만외로된事業에골몰할게요

◇

거울속의나는참나와는反對요만은
또꽤닮앗소
나는거울속의나를근심하고診察할수업스니퍽섭섭하오

거울

'거울'은 거울 속의 모습과 거울 밖의 모습을 서로 마주 보게 하는 연결의 매개체이다. 하지만 동시에 둘 사이를 가로막는 단절의 매개체이기도 하다. 연결과 단절이라는 거울의 모순성이 이 시의 핵심이다. '거울 속의 나'와 '거울 밖의 나'라는 두 개의 자아가 마주하고 있는 형상은 이 시를 심리주의 혹은 정신분석의 관점으로 들여다보게 한다. 즉 이 시는 거울 바깥의 현실 세계에 있는 자아와 거울 속의 내면세계에 있는 또 다른 자아 사이의 분열 현상을 보여주는 것이다.

악수를 모르는 왼손잡이

거울은 현실의 나를 있는 그대로 보여주는 것이 아니라 좌우가 뒤집힌 형상으로 보여준다. 거울 속의 나는 거울 면을 중심으로 실제 사물과 항상 대칭이 되므로 거울 속의 모습은 실물과는 왼쪽과 오른쪽이 서로 뒤바뀐 채 보인다. '거울 속의 나'는 왼손잡이라서 악수를 할 줄 모른다는 것은 '현실의 나'와 '거울 속의 나'가 서로 어긋난 채 연결되지 못함을 드러내는 표현이다.

근심하고 진찰할 수 없으니 　🔍

'거울 속의 나'를 근심하고 진찰할 수 없다는 것은 그 대상에 대한 '공감'이나 '분석'이 불가능하다는 뜻이다. 다시 말해, '거울 속의 나'에 대해 '거울 밖의 나'가 알아낼 수 있는 것은 아무것도 없다는 것이다. 악수를 나눌 수 없던 두 자아는 이제 서로가 서로를 파악하지 못하는 분열 상태를 드러내고 만다.

거울을 가만히 들여다보고 있으면 거울 속의 세계가 지금 내가 있는 이 세계와는 별개인 또 다른 세계라는 상상에 가닿곤 한다. 거울은 우리가 매일 마주하는 흔하디흔한 일상의 물건이지만 역사를 거슬러 올라가면 거울은 신비로운 물건으로 여겨졌다. 이 세상을 뒤집어 비춰준다는 점에서 예사 물건이 아니라고 생각한 것이다. 이러한 거울 혹은 물에 비친 거울 이미지는 오래전부터 문학의 단골 소재였다. 그리스 · 로마 신화에 나오는 나르키소스 이야기의 '샘물'이나 윤동주의 시에 나오는 '청동거울'이 그렇다.

이상은 이런 거울 이미지에 관심을 보였다. 거울은 이상의 작품에 빈번하게 등장하는 소재이자 시적 상징이다. 이 시에서 시적 화자는 거울 밖의 '나'와 거울 안의 '나'를 대립적으로 인식하며 '나'의 이중성을 드러내고 있다. 거울은 거울 밖의 '나'와 거울 속의 '나'를 만나게 해주는 연결고리이면서 동시에 악수조차 불가능한 단절의 상징이기도 하다. 이런 거울의 모순이 이 작품의 핵심이다. 두 개의 '나'가 서로 마주하는 상황은 자아의 분열 현상이라 할 수 있으므로 이 작품은 심리주의적 해석으로 읽는 것이 보통이다.

이 시는 모두 6개의 단락으로 구분되어 있는데, 시상의 전개를 살피면 전반부의 3개 단락은 '거울 속의 나'를 중심으로 이루어져 있고, 후반부의 3개 단락은 '현실 속의 나'와 '거울 속의 나'의 관계에 대해 이야기하고 있다. 이 시에서 가장 중요한 것은 '나'의 이중성이다. 이는 자아의 분열 또는 대립이라 할 수 있다. 특이한 것은 그런 자아의 분열 상황에서 '진찰할 수 없으니 섭섭하오'라는 반응을 보이는 시적 화자의 태도이다. 시적 화자는 분열된 상황에서 이를 극복하거나 해결할 수 있는 가능성을 닫은 채 그런 현상 자체를 인정하고 있는 것이다.

오감도
시 제1호

13인의아해가도로로질주하오.
(길은막다른골목이적당하오.)

제1의아해가무섭다고그리오.
제2의아해도무섭다고그리오.
제3의아해도무섭다고그리오.
제4의아해도무섭다고그리오.
제5의아해도무섭다고그리오.
제6의아해도무섭다고그리오.
제7의아해도무섭다고그리오.
제8의아해도무섭다고그리오.
제9의아해도무섭다고그리오.
제10의아해도무섭다고그리오.

제11의아해가무섭다고그리오.
제12의아해도무섭다고그리오.
제13의아해도무섭다고그리오.

13인의아해는무서운아해와무서워하는아해와그렇게뿐이모였소.
(다른사정은없는것이차라리나았소.)

그중에1인의아해가무서운아해라도좋소.
그중에2인의아해가무서운아해라도좋소.
그중에2인의아해가무서워하는아해라도좋소.
그중에1인의아해가무서워하는아해라도좋소.
(길은뚫린골목이라도적당하오.)
13인의아해가도로로질주하지아니하여도좋소.

烏瞰圖 李箱
詩第一號

'조감도(鳥瞰圖)'라는 건축용어에서 '새 조(鳥)'의 한 획만 바꿈으로써 '까마귀 오(烏)'를 쓴 '오감도'라는 새로운 말이 탄생했다. '조감도'는 건축물의 모습을 입체적으로 보여주는 그림으로, 하나의 점으로 집중되는 원근법을 써서 그린다. 서양에서 오래전부터 써왔던 이 원근법은 현실을 그럴듯하게 보여주지만, 원근법의 소실점에 가까워질수록 대상은 실재보다 작게 왜곡된다. 이런 점에서 '조감도'가 보여주는 그럴듯함은 환영에 가깝다. 이상은 조감도의 그럴듯함을 거부하고 자신만의 시선을 얻기 위해 '까마귀'를 불러낸다.

13이 의미하는 것은 무엇일까? 기독교에서는 예수가 13일의 금요일에 죽임을 당했고, 최후의 만찬에 13번째로 앉은 제자인 유다가 배신을 했으므로 13이란 숫자를 저주의 숫자로 여긴다. 북유럽 신화에서도 13은 파괴의 신 로키의 숫자로 여기고 있다. 서양에서는 대체로 부정적인 느낌의 숫자로 여기고 있는 셈이다. 이상이 시를 발표했던 당시 조선의 도가 13개여서 13인의 아해가 조선의 각 도에 해당한다거나, 이상의 경성고등공업학교 건축과 동기생 13명으로 풀이하는 연구자도 있다. 하지만 13을 불길함을 뜻하는 숫자로 이해하는 것이 가장 무난하다.

'아해(兒孩)'는 아이를 이르는 말이다. 그런데 '아해'에는 우리가 아이에게서 떠올리는 순진함이나 순수함이 제거되어 있다. 이 아이들이 어떻게 생겼는지 알려주는 구체적인 설명 없이 그저 아이라는 지시어만 존재하기 때문에 이 아이들은 마치 마네킹이나 입체 모형처럼 공허한 느낌을 준다.

막다른 골목 🔍

눈여겨봐야 할 것은 앞서 제시된 '도로'와 뒤에 나오는 '골목'의 대비이다. 둘 다 '길'을 뜻하는 말이지만 어감은 사뭇 다르다. '도로'는 계획적으로 만들어진 길이며, '골목'은 미로와 같이 구불구불 이어지며 자연 발생적으로 생겨난 길이다. 도로가 계획적·집단적·거시적이라면 골목은 자연적·개인적·미시적인 길이다. 도로와 골목의 이런 대비를 고려하며 시를 읽을 필요가 있다.

이상은 1932년에 발표한 소설 <지도의 암실>에서 '활호동시사호동 사호동시활호동(活胡同是死胡同 死胡同是活胡同)'이란 표현을 썼다. '호동'은 '좁은 골목'을 이르며, '뚫린 골목이 곧 막힌 골목이요, 막힌 골목이 곧 뚫린 골목이다.'라는 뜻이다. 이 작품에서도 '길은 막다른 골목이 적당하오.'라는 서두의 말이 '길은 뚫린 골목이라도 적당하오.'라는 말로 이어진다. '막다른 골목'도 적당하고 '뚫린 골목'도 적당하다는 것은 아무래도 상관없다는 말이다.

무섭다고 그리오 🔍

이 표현은 앞서 제시된 13인의 아해가 도로로 질주하는 사정에 해당한다. 13인의 아해들은 무섭다고 그러면서 도로를 질주하는 것이다. 이 표현은 13인의 아해들과 함께 열세 차례 반복된다. 이런 나열과 반복은 진술하는 내용을 강조하고 긴장감을 고조시킨다. '무섭다'는 감정이 시 전체를 가득 채우는 효과를 일으킨다.

무서운 아해와 무서워하는 아해 🔍

앞서 증폭된 '무서움'의 감정이 여기에서 한층 고조된다. 그 이유는 '무서움'의 주체와 대상을 정하기 어렵기 때문이다. 우리가 어떤 것에 대해 두려움을 느끼는 근본적인 이유는 '알지 못함' 때문이다. 즉 우리는 알지 못하는 대상을 두려워한다. 무서운 아해와 무서워하는 아해를 나란히 늘어놓으며 '아해'가 무서운 존재인지, 무엇인가를 무서워하는 존재인지, '아해' 가운데 무서운 아해가 있고, 무서워하는 아해가 있는 것인지 종잡을 수 없게 한다. '아해'가 공포의 대상이면서 동시에 주체일 수 있는 상황, 무엇 하나 확정할 수 없는 상황 자체가 공포를 더욱 극대화하고 있다.

이 시는 <오감도> 연작시의 첫 작품이다. 연작시의 제목 '오감도'가 '조감도 (鳥瞰圖)'의 '조(鳥)'에서 한 획을 빼서 만들어진 말이라는 것은 널리 알려져 있다. '조감도(a bird's eye view)'는 말 그대로 새의 눈으로 건물을 위에서 아래로 내려다본 모습인데, '조(鳥)'를 '오(烏)'로 바꿈으로써 까마귀의 음울한 시선을 얻게 되었다.

이상은 박태원과 이태준의 주선으로 <오감도>를 조선중앙일보에 연재하게 된다. 이 시는 이상을 시인으로서 문단과 세상에 각인시킨 화제작이기도 하다. 이상은 15회에 이르는 연재에서 기존의 시법에서 벗어나 기호와 도표를 동원하는 시각적 시 창작을 시도했으며, 수학과 과학 용어를 시어에 끌어들이는 등 새로운 시를 선보였다. 그러나 정작 당대의 독자들에게 "이것이 시냐?"라는 욕설에 가까운 비난을 듣게 되어 15회로 연재는 막을 내렸다. 후일 이상은 애초에 2000편의 작품 중에서 고심하여 30편의 <오감도> 연작을 골라냈다고 말하며, 당시 독자들에 대한 서운함을 내비친 바 있다.

이 시의 시적 구도는 매우 단순하다. '도로에서 질주하며 무섭다고 그러는 13인의 아해'가 전부이다. 문제는 '13인의 아해'가 누구인지, 그들이 시종일관 되풀이하는 '무서움'이 어디서 오는 것인지, 그들이 무서운 존재인 것인지 아니면 무서워하는 존재인 것인지, 그들이 질주하는 도로(골목)는 막

다른 것인지 뚫린 것인지가 모호하다는 점이다. 〈오감도〉에는 그 의미를 확정해 줄 단서가 좀처럼 드러나 있지 않다. 읽을 수는 있으되 설명할 수는 없는 난처함. 이것이 이 작품이 독자에게 공포와 불안감을 주는 이유이다.

우선 작품의 표현상의 특징으로 지적할 수 있는 것은 '제1의 아해가 무섭다고 그리오'라는 문장이 점진적인 숫자의 증가에 따라 열세 차례 반복된다는 점이다. 단순한 문장의 집요한 반복은 반복되는 상황, 즉 '무서움'의 정서를 시 전체로 확장하는 데 크게 이바지한다. 시 전체를 지배하는 정서를 '무서움'이라 할 때, 문제는 이 무서움이 어디서 비롯되느냐 하는 점이다. 많은 연구자들은 그것이 '속도가 중요시되는 근대 문명'에서 오는 것이라 설명하고, 이 작품은 근대 문명에 질식하는 근대인의 불안을 다루고 있다고 풀이한다. 결국 이 시의 '아해들'은 우리 자신이며, 그들이 무서움을 느끼며 (혹은 무섭게) 도로를 질주하는 이유는 근대 문명으로부터 탈주하고자 하는 몸부림이라 정리할 수 있다. 이상은 이 한 편의 시로 한국 모더니즘시의 역사에서 가장 인상적인 자리를 차지했다.

오감도
시 제2호

나의아버지가나의곁에서졸적에나는나의아버지가되고또나는나
의아버지의아버지가되고그런데도나의아버지는나의아버지대로
나의아버지인데어쩌자고나는자꾸나의아버지의아버지의아버지
의……아버지가되느냐나는왜나의아버지를껑충뛰어넘어야하는
지나는왜드디어나와나의아버지와나의아버지의아버지와나의아
버지의아버지의아버지노릇을한꺼번에하면서살아야하는것이냐

아버지가 나의 곁에서 졸 적에

이상의 문학작품에서 중요한 테마 가운데 하나는 '아버지'이다. 이상이 어릴 적 큰아버지에게 양자로 입양되었다는 점을 생각하면, 이상의 삶에서 아버지와의 관계가 매우 중요한 지점을 차지한다는 것을 쉽게 알 수 있다. 이상에게 '아버지란 누구인가?'라는 질문은 매우 중요한 문학적 주제였던 것이다. '아버지가 나의 곁에서 졸고 있다'는 말은 아버지가 아무런 역할도 하지 못하고 무기력하게 있다는 말이다. 가장으로서 가족을 책임지는 역할을 하지 못하는 상황이다.

나는 나의 아버지가 되고

이 시에 나오는 '아버지'는 '나'를 낳아준 아버지를 의미할 뿐 아니라 '나'를 존재하게 만들어준 선대(先代)도 포함하는 의미이다. '아버지'가 없었다면 '나'도 존재할 수 없는 것이다. 그런데 그런 아버지의 모습이 무기력해 보인다. 그리고 '나'는 어떻게 해서라도 이 상황을 극복해야 한다. '나'의 '아버지 되기'는 바로 스스로 '가장'이 되어 사태를 책임진다는 의미이다. 아버지의 권위를 이어받는 것인 동시에 아버지를 극복하려는 것이 바로 '아버지 되기'이다.

살아야 하는 것이냐 🔍

'나'는 '아버지 되기'를 통해 가장의 자리를 이어받고자 했다. 하지만 시인 이상의 삶을 참고해 보면, 생활인으로서의 이상은 무능했다. 이상은 그의 아버지와 다를 바 없이 경제적으로 어려운 삶을 살았다. 이 점을 고려하면 화자가 이러한 질문을 던지는 것은 '아버지 되기'의 무게를 버거워하고 있음을 뜻한다.

시인은 '아버지의 아버지'와 같은 표현을 통해 '부성'의 막중한 의미뿐 아니라 그 선대의 역사와 전통의 무게까지 모두 짊어져야 하는 자신의 난감한 처지를 스스로에게 묻고 있는 것이다.

이 시는 띄어쓰기 없이 한 문장으로 이어져 있고, '나의 아버지의 아버지'와
같은 표현이 반복되기 때문에 읽어내기가 쉽지 않다. 하지만 이상의 시 가
운데 드물게 한자어 하나 없이 우리말로만 쓰였으며, 수학적 기호나 도식도
등장하지 않는 비교적 간결한 작품이다. 문장을 의미에 따라 나누어 읽으면
시인이 말하고자 하는 내용을 어느 정도 파악할 수 있다.

시의 내용을 정리하면 이렇다.

(상황) 나의 아버지가 나의 곁에서 졸 적에
(사건) 나는 '나의 아버지'가 된다.
(문제 제기) 왜 나는 '나'와 '나의 아버지(의 아버지)' 노릇을 해야 하는가?

즉 '나'가 '나의 아버지 되기'를 한다는 것이며, '나'는 왜 그래야 하는지
스스로에게 묻고 있는 것이 이 작품의 전체 내용이다. '아버지 되기'를 설명
할 수 있다면 시의 내용이 명료하게 정리되는 셈이다. 이상이 어릴 적 큰아
버지의 집에 양자로 입양되었다는 사실을 고려하면, 이상과 아버지(들)의 심
리적 관계가 이상의 문학 세계에 큰 영향일 끼쳤다는 사실은 의심할 여지가
없다. 이 시는 '나'와 '아버지'의 관계가 중심이 되었다는 점에서 이상의 정

신세계를 이해하는 데에 중요한 작품이다.

여기서 '아버지'란 '나'의 존재를 가능하게 한 '나' 이전의 선조들을 의미할 것이다. 그런데 그런 아버지가 졸고 있다는 것은 가장으로서의 아버지가 무능하다는 점을 드러낸다. 가족을 지키고 가정을 영위하는 가장의 역할을 실패한 상황이다. 그렇다면 '아버지 되기'란 그런 아버지를 대신하여 '나' 자신이 아버지의 역할을 수행하는 것이라 볼 수 있다. '나'가 '아버지 되기'를 통해 아버지의 자리를 계승하는 것이 성공적이었다면 시는 쓰이지 않았을 것이다. 하지만 화자는 작품의 마무리 부분에서 '노릇을 한꺼번에 하면서 살아야 하는 것이냐'는 질문을 던지며 자신이 감내해야 하는 가장으로서의 부담과 아버지들의 역사가 주는 무게 앞에서 난감한 자신의 처지를 드러내고 있다. 결국 이 작품은 졸고 있는 아버지를 보며 지금 자신을 있게 만들어준 과거의 아버지들을 떠올리고, 그 과거에 대한 중압감을 그린 것이라 할 수 있다.

형식적인 측면에서 이 작품의 가장 큰 특징은 띄어쓰기의 전면적 거부이다. 전체 텍스트가 단 한 개의 문장으로 이루어져 있고, 시작부터 끝까지 띄어쓰기를 전혀 하지 않았다. 이런 띄어쓰기의 거부는 두 가지 의도를 갖는다. 첫째, 언어와 문자가 지니고 있는 선조성(線條性)의 거부이다. 즉 말을

하거나 글을 쓸 때 언어가 순차적으로 이어지는 것에 대한 거부로 해석할 수 있다. 이상은 인간이 세상이나 사물을 인식하는 방식이 순간적 혹은 동시적인데도 이를 표현하는 언어는 시간적·순차적인 방식에 의지하는 것에 대해 불만을 품고 이를 띄어쓰기의 거부로 표시한 것이다. 둘째는 진술되고 있는 사실을 연결하기보다는 겹쳐서 제시하고자 하는 의도이다. 시를 분석할 때 의미망으로 나누어 대상을 파악하는 것을 거부하고, 한 덩어리로 뭉쳐진 '아버지들'에 포개어 '아버지' 이상의 의미를 담고자 한 것이다.

띄어쓰기가 우리 말글에 도입된 것이 19세기 말이며, 이것이 어느 정도 일반화된 것은 1933년 조선어학회의 결정 이후이기 때문에 이상이 띄어쓰기를 하지 않은 것이 혁신적이고 파격적인 실험이었다고 보기 어렵다는 주장도 있다. 당시 독자들은 띄어쓰기가 되어 있지 않더라도 그리 어렵지 않게 이해했을 것이라는 말이다. 중요한 것은 이상이 띄어쓰기 이전으로 왜 되돌아가려 했는가 하는 점이다. 띄어쓰기의 거부는 스스로 숨 쉴 틈 없는 폐쇄 공간이자 감옥이기도 하다. 이 작품에서 띄어쓰기의 거부는 닫힌 공간 내에서 아버지에게서 벗어나지 못하고 묶여 있는 자아의 모습을 효과적으로 드러낸다는 점에서 그 의의를 찾을 수 있다.

오감도

시 제4호

환자의용태에관한문제.

```
1 2 3 4 5 6 7 8 9 0 •
1 2 3 4 5 6 7 8 9 • 0
1 2 3 4 5 6 7 8 • 9 0
1 2 3 4 5 6 7 • 8 9 0
1 2 3 4 5 6 • 7 8 9 0
1 2 3 4 5 • 6 7 8 9 0
1 2 3 4 • 5 6 7 8 9 0
1 2 3 • 4 5 6 7 8 9 0
1 2 • 3 4 5 6 7 8 9 0
1 • 2 3 4 5 6 7 8 9 0
• 1 2 3 4 5 6 7 8 9 0
```

진단 0 • 1

26 • 10 • 1931

이상 책임의사 이 상

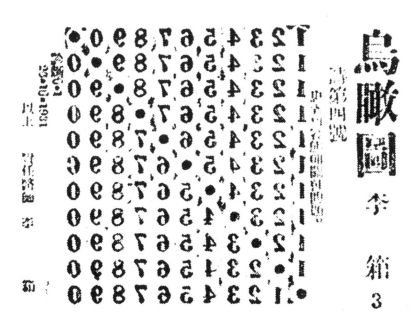

'용태(容態)'는 얼굴 모양과 몸맵시 또는 병의 상태나 모양을 뜻한다. 앞서 '환자'란 표현이 있기에 이 시는 '환자에 대한 진단서'의 형식을 취하고 있다는 것을 알 수 있다. 이 작품과 형태가 거의 똑같은 <진단 0:1>에서 이 부분은 '어떤 환자의 용태에 관한 문제'로 표현되어 있다. '어떤'이란 표현이 빠진 셈이다. 그렇다면 이 환자란 누구일까? 시의 맨 마지막 부분에 '책임의사 이상'이라는 표현이 나오는 것으로 보아 시인 이상은 '책임의사'로서 이 시에 들어와 있다. 그가 진찰한 환자란 결국 그 자신일 것이다.

•0987654321   Q

뒤집힌 숫자판은 불안하다. '1, 2, 3……'으로 이어지는 규칙적인 숫자의 배열이 '안정감'을 준다면, 좌우가 뒤집힌 숫자의 형상은 '불안감', '비정상'을 떠올리게 한다. 이 시에서 느껴지는 불안함은 이 숫자판에서 비롯된다. 그렇다면 왜 뒤집혀 있는 것일까? 이 작품이 현실 세계의 이상이 앓고 있는 폐결핵이란 병을 대상으로 하고 있다는 점에서 '자기 응시'의 성격을 갖는다는 점을 고려하면, 거울을 통해 자신을 바라보고 있는 화자를 떠올릴 수 있다. 즉 숫자판이 뒤집혔다는 것은 거울을 통해 자기 모습을 들여다본다는 것이다.

수학자인 김명환 교수는 이 숫자판의 맨 위쪽 숫자가 한 줄씩 밑으로 옮겨지면서 1/10씩 곱해지는 등비수열의 형태를 나타낸다고 해석한다. 이렇게 하면 아무리 큰 수부터 시작해도 결국은 0으로 수렴된다. 0으로 수렴된다는 것은 삶이 점차 사라지는 한계상황에 도달한다는 의미가 아닐까.

진단 0 · 1

숫자판 맨 왼쪽에는 1이 자리 잡고 있고, 맨 오른쪽에는 0이 자리 잡고 있다. 그리고 그 사이에 사선으로 점이 점차 이동하는 형태이다. 따라서 숫자판을 극단적으로 압축하면 '0 · 1'이 된다. 이를 10진법으로 표시된 숫자판을 2진법으로 압축한 것이라 보아도 된다. 여기서 '1'은 '있음' 또는 '(유일한) 존재'로, '0'은 '없음' 또는 '소멸'로 읽을 수 있다. 결국 '진단 0 · 1'은 도표로 제시된 숫자판의 내용을 압축한 것이라 볼 수 있다.

| 26 · 10 · 1931 | Q |

1931년 10월 26일을 뜻한다. 이상이 자신이 폐결핵에 걸렸다는 사실을 알게 된 것은 대략 1931년 가을인 것으로 알려져 있다. 건축 공사 현장에서 현장 감독을 하던 중 피를 토하고 쓰러진 이상은 병원으로 옮겨져 응급처치와 정밀검사를 받게 되는데, 이 과정에서 자신이 폐결핵에 걸렸음을 알게 된 것이다. 따라서 이 날짜는 이상이 폐결핵을 진단받은 날짜를 뜻하는 것으로 보인다.

이 시는°°°°°°

이 시에서 눈길을 끄는 것은 숫자의 나열로 된 일종의 숫자판이다. 앞뒤에 놓인 시구를 보면, 이 작품 전체는 일종의 진단서 형식을 취하고 있음을 알 수 있다. 숫자판이 작품의 중심 자리에 놓인 것을 고려하면, 숫자판의 의미를 푸는 것이 이 작품을 이해하는 지름길이다.

이 시는 이상이 일본어로 쓰고 《조선과 건축》 1932년 7월호에 발표한 <건축무한육면각체> 연작에 포함되어 있는 <진단 0:1>과 유사하다. 이상 전집을 처음 엮은 임종국을 비롯하여 초기 연구자들은 두 작품을 동일한 것으로 판단했으나, 자세히 들여다보면 몇 가지 중요한 차이점을 확인할 수 있다. 특히 중요한 차이점은 숫자판 전체가 뒤집힌 형상이라는 것과 '0:1'이 '0 · 1'로 바뀌었다는 것이다.

작품은 크게 한 문장으로 된 짧은 진술, 그리고 숫자와 점으로 이루어진 도판, 마지막으로 날짜가 명기된 책임의사를 밝히는 부분으로 나뉜다. 진단서의 형태를 취하고 있는 이 작품은 경험적 자아로서의 시인 이상이 폐결핵 환자인 자신을 대상화하여 스스로 진단을 수행하는 과정을 수식으로 기호화한 것이라 할 수 있다. 즉 시인이 자신을 '환자'로 설정하고 이를 진단하는 과정이 바로 이 작품인 것이다. 이상은 자신의 건강 상태와 병환의 진전 상황을 이러한 작품으로 표현하고 병든 자신의 육체에 빠져들었다. 이 과정을 시각적으로 기호화하여 보여준 것이 바로 숫자판이 뒤집힌 도판이다.

이 작품은 숫자의 나열과 숫자와 함께 제시된 '•'의 시각적 배치가 전면에 나서고 간략한 몇 문장이 덧붙는 형태를 취하고 있어서 기존의 시에 대한 우리의 인식을 뛰어넘는다. 이를 두고 타이포그래피나 시각시 등의 개념을 통해 회화적으로 설명하기도 하고, 다른 한 편으로는 숫자에 집중하여 수학기호와 수식의 의미를 중심으로 풀이하기도 한다.

이 시를 수학기호로서 접근할 때, 숫자판은 한 줄씩 아래로 이동하면서 1/10씩 곱해지는 등비수열의 형태를 취하고 있으며, 이는 결국 0으로 수렴한다는 점을 지적한다. 이 점을 들어 시인 이상이 '폐결핵'이라는 파국에서 벗어날 수 없다는 점을 '0'에 수렴되는 형태로 표현한 것이라고 해석한다. 이에 따르면 '책임의사 이상'은 이 환자의 용태에 대해 '0'이라는 진단을 내림으로써 자신의 죽음을 예감하고 있는 것이 아닐까.

또한 눈여겨보아야 할 것은 '1931년'이다. 1931년은 이상이 조선미술전람회에 출품한 <자상>으로 입선하기도 하고, 《조선과 건축》에 일본어 시를 발표하기도 한 바로 그 해이다. 화가뿐 아니라 시인으로서의 가능성과 꿈을 펼치기 시작한 해인 것이다. 그런데 그러한 예술적 열정은 폐결핵 판정으로 인해 한순간에 꺾이고 만다. 이상이 동경에서 생을 마감하는 순간까지도 그를 가장 괴롭힌 것이 바로 폐결핵이었다. 폐결핵은 당시만 하더라도 불치병으로 여겨진 치명적인 질병이었다. 당시 일본 현지의 통계를 보면 매년 15만 명 이상의 환자가 폐결핵으로 사망했다고 하고, 1930년대 중반 당시 조선의 폐결핵 환자는 45만 명에 육박한다는 통계도 있다. 이상으로서는 자신의 삶의 방향을 뒤틀어놓은 운명적인 날을 기록해 놓은 것이라 할 수 있다.

오감도
시 제5호

모후좌우를제하는유일의흔적에있어서

익은불서 목대불도

반왜소형의신의안전에아전낙상한고사를유함.

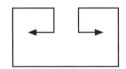

장부타는것은 침수된축사와구별될수있을는가.

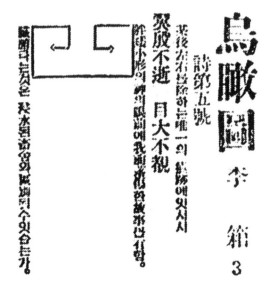

118

모후좌후를 제하는

이 시의 원형이라 할 <22년>에는 '前後左右(전후좌우)'라고 되어 있던 것이 '모(某)후좌우' 혹은 '기(其)후좌우'로 바뀌어 있다. 이를 의도적인 변형으로 보는 입장과 인쇄 과정에서 발생한 오류 표기라고 보는 입장으로 나뉜다. <22년>의 '22년'은 1910년에 태어난 이상이 스물두 살이 된 해를 의미한다고 본다. 그리고 <22년>에서 '전후좌후를 제하는'이란 '二十二'에서 좌우의 '二'을 뺀 '十', 즉 십자가의 형상으로 풀이하기도 한다.

익은불서 목대불도

'익은불서 목대불도(翼殷不逝 目大不覩)'는 중국의 대표적인 고전인《장자》의 <산목> 편에 나오는 한 대목을 인용한 것이다. 문장의 뜻을 그대로 풀면 '날개는 큰데 멀리 날지 못하고, 눈은 큰데 제대로 보지 못한다.'라는 말이다. 날개가 큰 새가 멀리 날아가지도 못하고, 눈이 커도 자신을 노리고 있는 사냥꾼을 알아채지 못한다는 이야기를 통해 자신의 잇속에만 눈이 멀어 주위를 살피지 못함을 지적하는 말이다. 이는 폐결핵으로 건강을 잃고 자신의 꿈을 이루지 못하게 되었음을 이야기하며, 병의 진행 과정이나 몸 상태를 전혀 알아채지 못했던 것을 탄식하는 말로 해석할 수 있다.

이어지는 3행은 '반쪽짜리 몸뚱이의 작은 난장이 신 앞에 내가 굴러 떨어진 일이 있었다.' 정도로 이해할 수 있다. 하지만 난데없이 등장한 '반왜소형의 신'이 무엇인지, 그리고 그 신 앞에 낙상한(굴러떨어진) 일이라는 것이 무엇을 의미하는지는 짐작하기 어렵다.

도형   🔍

도형의 형태를 굳이 말로 표현해 본다면 '화살표가 내부를 향한 사각형'이라 할 수 있겠다. 이 도형의 의미를 추론할 수 있는 구체적 맥락이 거의 없기 때문에 연구자에 따라 그 해석이 다르다. 앞에 나오는 표현인 '모후좌우를 제한 유일의 흔적'을 추상화한 도형으로 보아 자기 폐쇄성이나 내향성을 의미한다는 해석, 여성의 생식기와 남성의 생식기가 겹쳐지는 모습을 표상한 것으로 성교에 대한 암시를 뜻한다는 해석, <오감도 - 시 제4호>와 연관 지어 병으로 인한 신체 기능의 결여 상태를 시각화한 것, 즉 엑스선 사진으로 좌우의 폐가 모두 손상된 형상을 보여준다는 해석 등이 있다.

장부 타는 것 🔍

'장부(臟腑)'란 '오장육부', 즉 내장 또는 배 속을 의미한다. 그런 장부가 불타는 상황이 '침수된 축사'와 구별될 수 있을지 묻고 있다. '축사'란 가축을 키우는 곳이다. 과거에는 홍수가 잦아 사람이 사는 인가와 가축을 키우는 축사가 물에 잠기는 일이 흔했다. '장부가 불타는 상황'은 '축사가 물에 잠기는 일'처럼 긴급한 상황 또는 비정상적인 상황으로 이해할 수 있다. 앞서 제시된 도형이 X선 촬영으로 찍힌 시인의 폐를 추상화하여 표현한 것이라는 해석을 따르면, '장부 타는 것'이란 패결핵으로 손상된 폐를 의미하고, '침수된 축사'란 손상된 폐의 사진을 비유한 것으로 풀이할 수 있다.

이 시는°°°°°°

앞서 <오감도 - 시 제4호>가 이전에 발표된 <진단 0:1>과 거의 유사한 것처럼, 이 작품 역시 <22년>을 다듬은 것이다. 두 작품 사이의 차이는 '전후좌우'가 '모후좌우'로 바뀐 점, '익단불서 목대불도'를 '익은불서 목대불도'로 바꾼 점, '장부 그것은 침수한 축사와 다를 것인가'라는 일본어 문장을 '장부 타는 것은 침수된 축사와 구별될 수 있을는가'로 바꾼 것 등을 들 수 있다.

이 시는 이상의 난해한 시 가운데 대표적인 작품으로 손꼽힌다. 그 이유는 작품을 해석할 수 있는 구체적인 정황이나 맥락이 거의 없고, 그 의미를 단정하기 어려운 도형과 동양의 고전인 《장자》의 구절까지 인용되어 있어서 해석의 실마리를 찾기 어렵기 때문이다. 한자어로 되어 있는 부분들을 번역해 보아도 그 표면적인 의미가 구체적으로 어떤 뜻을 담고 있는지 파악하기 어려워서 연구자들에 따라 그 해석이 크게 갈린다.

연구자들은 이 시의 의미를 파악하기 위해 다양한 해석을 시도했는데, 그 가운데 하나는 이상의 폐결핵과 관련지어 풀이하는 것이다. 이에 따르면 《장자》의 구절은 병으로 인해 신체 기능이 망가진 상태를 표현하기 위해 인용한 것이며, 도형은 엑스선으로 찍은 폐의 모습을 나타낸 것이다. 이 설명은 이상의 실제 삶과 연관 지어 설명하기 때문에 작품의 난해함을 해소하는 데 도움이 되지만, 다소 단선적·도식적 설명으로 흐를 우려가 있다. 또 다른 해석은 이 시가 이상의 매춘 경험을 기록한 것이라는 주장이다. 이에 따르면 도형은 여성의 생식기를 의미하고, 《장자》에서 인용한 부분은 '제강'이라는 뚱뚱한 신에 대한 묘사를 가져와 매춘부의 뚱뚱한 체구를 표현했다는 것이다.

이상은 자신의 글쓰기를 '아름답고 복잡한 기술'이라 표현하며 일상적인 경험을 극단적인 난해성을 가진 작품으로 변화시키고자 하는 욕망이 있었다. 이상이 목표로 하는 글쓰기는 한번 읽으면 이해되는 것이 아니라 최대한 그 의미의 파악과 이해가 지연되고 정체되는 것이었다. 그런 의미에서 <오감도 – 시 제5호>는 단순히 어느 한 가지의 해석을 받아들일 것이 아니라, 이 시가 의도하는 바를 다양한 관점에서 풀이해 보는 시도를 반복하며 읽어야 하는 작품이라 하겠다.

오감도
시 제10호 나비

찢어진벽지에죽어가는나비를본다. 그것은유계에낙역되는비밀한 통화구다. 어느날거울가운데의수염에죽어가는나비를본다. 날개 축처진나비는입김에어리는가난한이슬을먹는다. 통화구를손바닥 으로꼭막으면서내가죽으면앉았다일어서듯이나비도날아가리라. 이런말이결코밖으로새어나가지는않게한다.

죽어가는 나비 🔍

찢어진 벽지가 너풀거리는 것을 '나비'의 형상으로 표현하고 있다. 그런데 그 나비는 생동감 있게 살아 있는 나비가 아니라 '죽어가는 나비'이다. 우리나라에서는 오래전부터 나비를 죽은 이의 혼령이라고 생각했다. 이 시에서도 나비를 '죽음'과 연결된 존재로 인식하고 있다.

유계에 낙역되는 통화구 🔍

'유계(幽界)'는 죽음의 세계인 저승을 뜻하고, '낙역(絡繹)'은 연락이나 소통을 뜻한다. 화자는 벽지가 찢어진 부분을 현실 세계와 저승을 연결하는 통로라고 여기고 있다. '찢어진 벽지 → 나비 → 유계와 이어지는 비밀스러운 통화구'로 연상의 흐름을 정리할 수 있다. '찢어진 벽지'에서 떠올린 상념이 '죽음의 세계'로 연결되는 통로로 발전되고 있음을 알 수 있다.

거울 가운데의 수염

찢어진 벽지에서 나비를 떠올리던 연상의 흐름이 거울 속의 '나'를 보면서 새롭게 발전한다. 화자는 자신의 얼굴에 자라난 수염의 형상에서 '나비'를 다시 발견한다. 그런데 이 나비도 '죽어가는 나비'이다. '찢어진 벽지'에서 '유계'로 연결된 연상의 과정에서 '수염 → 나비'로 이어지는 연상으로 바뀌었지만 '죽음'이 개입되어 있는 점은 변화가 없다. 화자는 계속해서 '나비'에서 죽음의 이미지를 떠올리고 있는 것이다.

손바닥으로 꼭 막으면서

이 시의 다섯째 문장은 '통화구를 손바닥으로 꼭 막으면서'와 '내가 죽으면 앉았다 일어서듯이 나비도 날아가리라'로 나누어 보아야 한다. 통화구를 손바닥으로 틀어막는 행위는 현실 세계와 저승 세계의 연결을 막으려는 시도이다. '나'가 죽으면 나비도 날아갈 것이라는 말은, '나'가 죽으면 '나'도 '나'가 연상한 나비도 모두 죽음의 세계로 가게 될 것이라는 말이다. 뒤이어 마지막 문장과 연결 지어 생각해 보면, '현실 세계와 저승 세계의 연결'이라는 깨달음을 입 밖으로 내는 순간 화자가 죽음의 세계로 가게 될 것이라는 두려움이 작용하는 것으로 보인다.

이 시는 '나비'라는 부제를 달고 있다. 여기서 '나비'는 하나의 상징으로 쓰이는데, '나비'를 중심으로 서로 다른 두 가지 시적 진술이 결합되어 있다. 죽은 이의 원한을 풀기 위해 나비가 되어 사람 앞에 나타났다는 '아랑 설화'에서 보이듯이, 나비는 예전부터 죽은 사람의 혼을 떠올리게 하는 존재였다.

이 시에서도 화자는 찢어진 벽지와 자신의 수염에서 '나비'를 발견하고 뒤이어 죽음에 이르는 연상을 떠올린다. '찢어진 벽지'에서 나비의 형상을 떠올린 화자는 찢어져 늘어진 벽지의 모습에서 '죽어가는 나비'의 모습을 연상한 것이다. 그 연상은 더 나아가 죽음의 세계인 '유계'로 이어진다. 벽에 생겨난 찢어진 틈이 현실과 죽음 세계를 연결해 주는 비밀스러운 통로가 된 것이다.

시의 다음 부분은 다른 정황을 전한다. 화자는 거울 속 자신의 모습을 보면서 얼굴에 자라난 수염의 형상에서 다시 '죽어가는 나비'를 발견한다. 이상은 그의 소설 <봉별기>에서도 수염과 나비의 연상을 보여준 바 있다. "기른 수염을 면도칼로 다듬어 코밑에 다만 나비만큼 남겨가지고"라는 표현이 그것이다. 하지만 이 시에서의 나비는 '죽어가는' 나비이다. '죽어가는' 이유는 수염이 볼품없고 그 수염의 주인인 화자의 삶이 죽어가고 있기 때문이다.

시의 뒷부분에서 화자는 현실 세계와 유계 사이의 통화구를 손으로 틀어

막고 말이 새어 나가지 않게 하려 애쓴다. 그것은 '내가 죽으면 앉았다 일어나듯이 나비가 날아가기' 때문이다. 다시 말해, 통화구를 막는 일은 나비를 날아가지 않게 하는 일이며, 이는 화자가 죽음에 가닿는 일을 지연시키는 행위이다. 화자는 찢어진 벽지에서 나비를 발견하고 이를 통해 현실 세계와 죽음 세계의 연결 통로를 발견하는데, 그 나비가 떠나가게 되면 자신이 죽음에 세계에 가닿게 된다는 것, 곧 죽는다는 것을 깨닫고 필사적으로 그 통화구를 막으려고 애쓴다. 통화구의 발견과 통화구 틀어막기, 죽어가는 자신을 깨닫고 죽음에서 벗어나고자 하는 시도. 이것이 이 작품의 내용이라 하겠다.

오감도
시 제15호

1

나는거울없는실내에있다. 거울속의나는역시외출중이다. 나는지
금거울속의나를무서위하며떨고있다. 거울속의나는어디가서나를
어떻게하려는음모를하는중일까.

2

죄를품고식은침상에서잤다. 확실한내꿈에나는결석하였고의족을
담은 군용장화가내꿈의 백지를더럽혀놓았다.

3

나는거울있는실내로몰래들어간다. 나를거울에서해방하려고. 그
러나거울속의나는침울한얼굴로동시에꼭들어온다. 거울속의나는
내게미안한뜻을전한다. 내가그때문에영어되어있듯이그도나때문
에영어되어떨고있다.

4

내가결석한나의꿈. 내위조가등장하지않는내거울. 무능이라도좋

은나의고독의갈망자다. 나는드디어거울속의나에게자살을권유하기로결심하였다. 나는그에게시야도없는들창을가리키었다. 그들창은자살만을위한들창이다. 그러나내가자살하지아니하면그가자살할수없음을그는내게가르친다. 거울속의나는불사조에가깝다.

5

내왼편가슴심장의위치를방탄금속으로엄폐하고나는거울속의내왼편가슴을겨누어권총을발사하였다. 탄환은그의왼편가슴을 통과하였으나 그의심장은바른편에있다.

6

모형심장에서붉은잉크가엎질러졌다. 내가지각한내꿈에서나는극형을받았다. 내꿈을지배하는자는내가아니다. 악수할수조차없는두사람을봉쇄한거대한죄가있다.

음모 나쁜 목적으로 몰래 흉악한 일을 꾸밈.

의족 발이 없는 사람에게 인공으로 만들어 붙이는 발.

영어 죄인을 가두어 두는 곳. 여기서 '영어 되다'는 '갇히게 되다'라는 말.

들창 벽의 위쪽에 자그맣게 만든 창.

엄폐 가리어 숨김.

극형 가장 무서운 형벌.

거울 속의 나   🔍

화자는 '거울 없는 실내'에 있는데, '거울 속의 나'는 외출 중이라고 한다. 이 말은 거울 밖의 '나'와 거울 속의 '나'가 모두 존재해야 완전한 '나'가 되는데, 한쪽이 사라져 버림으로써 '나' 자신의 존재가 불완전해졌다는 말이다. 화자는 거울 속 '나'의 행방을 알 수 없기에 자기 존재에 대한 불확실성으로 두려움을 느끼고 있다. 만약 '거울 속의 나'가 돌아오지 않는다면 화자는 영원히 불완전한 존재일 수밖에 없다.

내 꿈의 백지를 더럽혀 놓았다   🔍

두 번째 연은 그 의미를 확정하기가 어렵다. 여러 연구자의 해석도 저마다 다르다. 그 가운데 《이상 전집》을 펴낸 권영민은, 이리저리 해 보아도 모두 마음에 들지 않는다고 전제하고, '죄'를 '폐결핵'으로, '의족을 담은 군용장화'를 '폐결핵에 걸린 폐의 모양을 형상화한 것'으로 풀이하고 있다. 이렇게 본다면 폐결핵이라는 병에 시달리는 병든 육체 때문에 화자는 자신의 꿈을 펼칠 수 없게 되었고, 그 병 자체가 꿈을 망쳐버렸다고 해석할 수 있다.

나를 거울에서 해방하려고 　　　　　　　　　　　　Q

세 번째 연에서 공간적 배경이 '거울 있는 실내'로 바뀐다. '나'가 거울 속으로 들어간 이유는 '나'를 거울에서 해방시키기 위해서이다. 나는 거울을 통하지 않고서는 '나'를 볼 수 없다. 이 말은 거울 없이는 '나'를 발견할 수 없다는 의미이므로, 거울에 갇혀 있다는 것과 같은 뜻이 된다. 화자는 '나'를 거울 없이도 존재할 수 있는 상태로 만들고 싶어 하지만 그것은 불가능하다. 현실의 '나'도, 거울 속의 '나'도 모두 갇혀 있기 때문이다.

자살을 권유하기로 결심하였다 　　　　　　　　　Q

꿈속에는 꿈을 꾸는 '나'가 없고, 거울 속에는 거울에 비친 '나'가 없다. 주체가 비어 있는 것이다. 거울 속의 '나'가 이렇게 비어 있는 존재라면 차라리 없어지는 것과 다를 바 없다. 그러므로 화자는 거울 속의 '나'에게 '자살'을 권유하기로 결심한다. 하지만 그것마저도 가능하지 않다. 거울 속의 '나'는 현실의 '나'가 죽지 않는 한 절대로 죽지 않기 때문이다. '시야가 없는 들창'은 거울을 달리 부른 말이다. '시야가 없다'는 것은 '나'가 거울만을 바라보고 있다면 다른 희망이나 해법이 존재하지 않음을 암시한다.

권총을 발사하였다 🔍

다섯째 연과 여섯째 연은 '나'의 자살 시도를 묘사한다. '나'는 '거울 속의 나'의 왼쪽 가슴을 겨누어 총을 쏜다. 탄환은 '거울 속의 나'의 왼편 가슴을 꿰뚫었지만 심장을 꿰뚫는 데는 실패한다. '거울 속의 나'의 심장은 오른쪽에 있기 때문이다. 자살마저도 어려운 상황. 삶을 통제할 수 없는 처지. '폐결핵'이라는 질환의 처분만을 기다려야 하는 비참한 상황이다.

'모형 심장'은 거울 속의 '나'의 심장이다. 거울에 비친 허상의 심장이므로 '모형 심장'이라 했다. '붉은 잉크가 엎질러졌다'는 것은 폐결핵으로 인한 '객혈'을 뜻한다. 화자는 자신의 꿈에서조차 주인이 될 수 없으며, 진정한 자아 찾기에 실패하고 자아분열의 상태만을 인식한 채로 '봉쇄'되고 만다.

이상은 문학적 대상으로서 '거울'에 관심이 많았다. 1933년 《가톨릭청년》에 발표한 <거울>에서 다룬 '거울 속의 나'와 '거울 밖의 나' 사이의 거리감과 분열이 이 시에서도 다루어지고 있다. <거울>에서 다루었던 두 '나' 사이의 갈등이 더욱 증폭되고 있는데, 이는 이상이 현실에서 겪고 있던 삶의 고통과 좌절이 더 커진 것으로 볼 수 있다.

이 시의 시적 공간은 크게 '거울 없는 실내'와 '거울 있는 실내'로 나뉜다. 1연과 2연은 '거울 없는 실내'에서 '거울 속의 나'를 발견할 수 없다는 깨달음과 거울 속 '나'의 부재에 대한 공포를 드러내고 있다. 3연부터 6연까지는 '거울 있는 실내'로 공간이 바뀌고 그 안에서 '나'는 '거울 속의 나'를 발견한다. 그러나 그것이 진정한 '나'가 아니라 위조된 영상에 불과하다는 점을 깨닫고 '나'를 거부하게 된다.

이 시에서 '나'라는 시적 화자는 거울을 통해 병든 육체의 고통을 견디면서 살아야 하는 자신의 모습을 확인하고 거기에 집착하는 일종의 '병적 나르시시즘'을 보여주고 있다. 현실 속의 '나'는 자신의 병을 커다란 죄로 여길 정도로 병든 자신을 견디기 어렵다. 그렇기 때문에 '나'는 자꾸만 거울을 들여다보며 '거울 속의 나'를 확인해 보고 그 존재를 부정한다. 여기서 반복되는 '거울 보기'는 자기 확인을 의미하며, '거울'은 자기를 투시하고 자기를 인식하는 존재론적 공간이다.

이상은 자의식이 매우 강한 작가였다. 그는 끊임없이 자기 자신을 진단하고 진찰하고 바라보려고 애썼다. 거울이 그의 시에 자주 등장하는 이유도 그 때문이다. 이상은 '거울 속의 나'를 내세워 내면의 자아에 대한 탐구를 시도하는데, 그 시도는 연이어 실패한다. 내면의 자아를 거울에 비추어 인식하고 있으나, 그 자아와 통합된 진정한 자아로 나아가지 못했기 때문이다.

그 실패의 원인은 '거울' 이미지의 속성에 있다. 거울은 매끈하고 차가운 것으로 이쪽과 저쪽의 경계를 단호하게 나눈다. 맞세울 수는 있지만 넘나들지 못하는 가림막이다. '거울 속의 나'와 '거울 밖의 나'는 서로를 인식하지만 둘 사이의 소통과 교류는 가로막혀 있다. 이 시에서 시인은 두 자아의 통합에 실패한 상황에서 '거울 속의 나'를 없애버림으로써 문제를 해결하려고 하지만, 그 역시 허망한 시도로 그치고 만다.

지비
어디 갔는지 모르는 아내

1

아내는 아침이면 외출한다 그날에 해당한 한남자를 속이려가는
것이다 순서야 바뀌어도 하루에한남자이상은 대우하지않는다고
아내는 말한다 오늘이야말로 정말돌아오지않으려나보다하고 내
가 완전히 절망하고나면 화장은있고 인상은없는얼굴로 아내는
형용처럼 간단히돌아온다 나는 물어보면 아내는 모두솔직히 이
야기한다 나는 아내의일기에 만일 아내가나를 속이려들었을때
함직한속기를 남편된자격밖에서 민첩하게대서한다

2

아내는 정말 조류였던가보다 아내가 그렇게 수척하고 거벼워졌
는데도 날으지못한것은 그손가락에 끼기웠던 반지때문이다 오
후에는 늘 분을바를때 벽한겹걸러서 나는 조롱을느낀다 얼마안
가서 없어질때까지 그 파르스레한주둥이로 한번도 쌀알을 쪼으
려들지않았다 또 가끔 미닫이를열고 창공을 쳐다보면서도 고운
목소리로 지저귀려들지않았다 아내는 날을줄과 죽을줄이나 알았
지 지상에 발자국을 남기지않았다 비밀한발은 늘버선신고 남에

138

게 안보이다가 어느날 정말 아내는 없어졌다 그제야 처음방안에
조분내음새가 풍기고 날개퍼덕이던 상처가 도배위에 은근하다
헤뜨러진 깃부스러기를 쓸어모으면서 나는 세상에도 이상스러운
것을얻었다 산탄 아아아내는 조류이면서 염체 덫과같은쇠를삼켰
더라그리고 주저앉았었더라 산탄은 녹슬었고 솜털내음새도 나고
천근무게더라 아아

3

이방에는 문패가없다 개는이번에는 저쪽을 향하여짖는다 조소와
같이 아내의벗어놓은 버선이 나같은공복을표정하면서 곧걸어갈
것같다 나는 이방을 첩첩이닫치고 출타한다 그제야 개는 이쪽을
향하여 마지막으로 슬프게 짖는다

속기 빨리 적는 기록.

대서하다 남을 대신하여 글씨나 글을 쓰다.

벽 한 겹 걸러서 벽 하나를 사이에 두고.

조롱 새장.

조분 새의 똥.

산탄 안에 작은 탄알이 많이 들어 있어, 총을 쏘면 속에 있던 탄알들이 퍼

　져 터지는 탄알.

염체 짐을 싣기 위해 지게에 얹는 소쿠리 모양의 물건.

조소 비웃음.

공복 배 속이 비어 있어 배가 고픈 상태.

지비

'지비(紙碑)'는 '종이로 만든(종이에 쓴) 기념비'라는 뜻이다. 비(碑)는 어떤 사실을 기념하기 위해 돌이나 나무에 글을 새겨 세우는 것이다. 종이로 그것을 만들었다는 것은 일종의 반어적 의미로 읽을 수 있다. 기념할 수 없는 헛된 일을 애써 기록한 것이라는 뜻으로 풀이할 수 있다. 다른 한편으로 비가일반적으로 묘비로 많이 세워진다는 점을 고려할 때 아내에 대한 개인적인추억의 기념물이자 제대로 된 생활의 상실을 뜻하는 묘비, 즉 일상생활의종언을 의미하는 것으로 해석할 수 있다.

아내는 아침이면 외출한다

아내가 아침마다 외출하는 까닭은 무엇일까? 이어지는 내용을 보면 그 이이유가 '한 남자를 속이려 가는 것'이라고 한다. 속인다는 것은 '거짓 애정'을 나누고 그 대가로 돈을 받는 일일 터이다. 하지만 화자인 '나'는 외출한아내를 기다리기만 할 뿐이다. 아내의 외출을 통해서 생활이 유지되고 있기때문에 '나'는 아내의 외출을 막지도 못하고 그저 절망적으로 바라본다.

'나'는 아내의 행적을 대략 짐작하고 있으며 아내가 사실대로 말할 수 없다는 것도 알고 있다. 그래서 '나'는 자신이 아내의 일기를 대신 쓰게 된다면 그러한 내용을 모두 쓸 수 있을 것이라고 말한다. '나'의 일상은 이렇게 남편으로서의 자격이 박탈된 상태이다.

반지 때문이다

화자는 아내를 '새'라고 생각한다. 그런데 일상 무게 때문에 애처롭게도 지상에 묶여 살아갈 수밖에 없는 '새장 속에 갇힌 새'이다. 아내가 수척해져 몸이 가벼운데도 날아가지 못하는 것은 결혼반지, 즉 결혼제도에 묶여 있기 때문이다. 아내는 어디든 훨훨 날아갈 수 있는 새이지만, '나'를 먹여 살려야 하기 때문에 날아가지 못하고 있는 것이다.

결국 아내는 지상의 삶에 유배된 채 '나'와의 결혼으로 묶여 있다. 그래서 지상에서의 삶에는 큰 관심이 없고, 언젠가 하늘을 향해 날아오를 날만을 기다린다. 만약 날아오르지 못한다면 아내가 지상에서 벗어날 방법은 죽음밖에 없다.

쇠를 삼켰더라

아내는 '덫과 같은 산탄'을 삼키고 말았다. '산탄'은 새를 잡을 때 쓰는 탄알인데, 화자는 아내가 그것을 삼키고 있었다고 생각한다. 하늘에 속하는 아내를 지상에 묶어놓은 것은 바로 그 산탄이다. 아내가 산탄을 삼킨 이유는 무엇일까? 화자는 아내가 아내 된 노릇을 하기 위해, 즉 화자를 먹여 살리기위해 산탄을 삼켰다고 생각한다. 그 산탄, 즉 덫과 같은 쇠는 천 근 무게로 아내를 내리누르고 있는 화자 자신이기도 하다.

문패가 없다

아내가 떠나버렸기 때문에 생활을 맡아 하던 주체가 없다. 집안의 실제 주인이 사라진 것이다. '문패가 없다'는 것은 아내가 없는 상태를 말하는 것이다. 개마저 아내가 떠나간 쪽을 향해 짖고, 화자는 아내가 벗어놓고 간 버선에 자신의 마음을 투영해 본다. 화자는 아내 없이 살아갈 방도가 없기에 집을 떠나려 한다. 그러자 개도 화자의 마음을 알았던지, 용기를 북돋우듯 이번에는 화자를 향해 짖어댄다.

이 시는 원래 조선중앙일보에서 발행하던 월간지 《중앙》(1936년 1월)에 '신춘수필'의 하나로 발표되었다. 그러나 대부분의 전집에서는 이 작품을 '시(詩)'로 분류하고 있다. 이상의 시 작품이 기존의 시형에서 벗어나거나 산문시 형태였다는 점을 고려하면 '시'로 보는 것이 더 적절하다. 이 작품은 <지비 1>, <지비 2>, <지비 3>으로 구분되어 일종의 연작시 형태이지만, 한 작품의 1~3연이라 볼 수도 있다. 여기에서는 한 작품으로 다루었다.

이 시의 내용을 살펴보면 1연에서는 아내의 잦은 외출과 그 외출의 의미가 무엇인지 서술하고 있다. 2연에서는 아내의 가출을 새장에서 탈출한 한 마리 새로 비유하고 있다. 3연에서는 아내가 없는 방을 그리고 있다. 전체적으로 '나'와 '아내'의 부조화와 그로 인한 결별의 과정에서 느낀 괴로움을 담담하게 서술하고 있다. 결국 <지비>의 내용은 소설 <날개>에서 다룬 바 있는 아내와의 순탄치 않은 가정생활이라 할 수 있다.

이상이 금홍과의 결별을 한 것도 이 시가 발표된 1935년이라는 점에서 그가 겪은 이별의 경험이 이 작품에 반영되어 있다고 하겠다. 시인은 금홍과 이별하면서 겪었던 고통스러운 기억을 시적 소재로 가져오고, 그것을 '종이로 만든 비'에 기록함으로써 여기서 벗어나고자 했던 것이 아닐까? '지비'는 이렇듯 금홍이가 떠나버림으로써 텅 비게 된 이상의 죽어버린 생활에 대한 묘비문이라 할 수 있다.

　조선중앙일보(1935년 9월 15일)에 이 시와 같은 제목의 작품이 먼저 게재되었는데, 이 작품은 '나'와 '아내'와의 부조화 혹은 갈등을 다룬다는 점에서 시적 동기가 유사하며, 부조화를 절름발이라는 비유적 표현으로 드러내는 점이 특징이다.

　내키는커서다리는길고왼다리아프고아내키는작아서다리는짧고바른다리가아프니내바른다리와아내왼다리와성한다리끼리한사람처럼걸어가면아아이부부는부축할수없는절름발이가되어버린다무사한세상이병원이고꼭치료를기다리는무병이끝끝내있다

- <지비> 전문

아침

캄캄한공기를마시면폐에해롭다. 폐벽에끄름이앉는다. 밤새도록
나는몸살을앓는다. 밤은참많기도하드라. 실어내가기도하고실어
들여오기도하고하다가잊어버리고새벽이된다. 폐에도아침이켜진
다. 밤사이에무엇이없어졌나살펴본다. 습관이도로와있다. 다만내
치사한책장이여러장찢겼다. 초췌한결론우에아침햇살이자세히적
힌다. 영원히그코없는밤은오지않을듯이.

캄캄한 공기

'캄캄한 공기'는 밤공기를 뜻한다. 화자는 캄캄한 공기가 폐에 드나드는 것은 몸에 좋지 않다고 말한다. 이상은 <각혈(객혈)의 아침>에서 담배 연기는 예술적 상상력을 불러일으키는 것인 데 비해, 얼어붙은 공기는 폐에 '탄환'을 쏘아 넣는 듯 괴로움을 가져오는 것이라고 했다. '캄캄한 공기'는 바로 이 얼어붙은 공기와 비슷한 뜻으로 볼 수 있다.

밤은 참 많기도 하더라

'밤이 참 많다'는 것은 시간성을 물질화한 표현이다. '참'이라는 부사 하나가 화자가 견뎌야 하는 밤이 얼마나 많은지를 잘 드러낸다. 그 무수한 밤은 바다의 밀물과 썰물처럼 서서히 사라진다. 무수한 밤을 '파도'로 은유하면서 밤이 서서히 사라지는 것을 리듬감 있게 표현하고 있다.

폐에 아침이 켜져 캄캄한 공기의 괴로움에서 벗어난 화자는 '밤사이 무엇이 없어졌나 살펴본다'. 거기서 발견하는 것은 '습관이 도로 와 있다'는 사실인데, 이는 독서와 글쓰기에 몰두한 시인의 삶을 의미한다.

'치사(侈奢)'는 '사치(奢侈)'를 강조한 표현이다. 이상이 <화로>에서 "독서는 곤두박질을 친다"라고 한 표현을 참고하면, 현실과 맞서지 못하는 안이한 '독서'의 대상이 찢겨 나간 것을 뜻한다.

그런 뒤에 남은 것은 '초췌한 결론'인데, 이는 생활에 맞서는 것이 되지 못하기에 초췌하지만, 그래도 여전히 적어나가야 하는 일상인 것이다.

코 없는 밤   Q

'코를 베어 가도 모를 정도로 눈앞을 분간하기 어려운 캄캄한 밤'이라는 관용적 표현을 변용하여 '캄캄한 공기'에 형상을 부여한 표현이라고 할 수 있다. 또는 죽음 또는 죽음을 떠올리게 하는 것으로 보기도 한다. 이승훈은 "호흡이 끊긴 세계, 생명의 소멸을 가리키는 밤"이라고 언급한 바 있다. 코가 없어서 숨을 쉴 수 없는 밤이라는 의미와 어떤 향기도 없는 밤이라는 의미로 해석한 경우이다. 이상이 앓았던 폐결핵과 그로 인한 죽음에 대한 불안 심리를 염두에 둔 해석이라 할 수 있다.

이 시는°°°°°°

이 시는 결핵을 앓으면서 겪어야 했던 육체적 고통과 그 절망감을 소재로 삼고 있다. <역단> 연작시 가운데 하나이며, 이 연작시에 포함된 <화로>와 <행로>도 비슷한 소재를 다룬다. <화로>는 오한과 객혈의 고통을, <행로>는 끝없이 반복되는 기침의 고통을, 그리고 <아침>은 몸살을 앓는 괴로움을 어두운 밤과 대비하여 그리고 있다.

<아침>은 이상의 다른 시에 비해 상대적으로 쉽게 그 의미를 파악할 수 있는 작품이다. 결핵을 앓고 있던 시인의 모습을 상상하며 읽어보자.

시적 화자는 밤새도록 기침을 하며 긴 밤의 어둠 속에서 병의 고통에 시달리고 있다. 자신이 기침을 하는 이유를 캄캄한 공기가 폐에 그을음으로 앉았기 때문이라 여긴다. 잠을 이루지 못하고 몸살을 앓으며 뒤척이다가 어느덧 어둠이 물러가고 새벽이 온다. 새벽녘에서야 비로소 기침이 잠시 멎고 정신이 드는데, 시커먼 폐가 그을음을 털고 아침을 켰기 때문이다. '캄캄한 공기를 마셔 폐에 그을음이 앉고, 그 시커멓던 폐에 불이 들어오듯 아침이 켜진다'는 것, 이것이 이 시의 핵심적인 내용이다.

병고에 시달리면서 밤을 지내고 아침을 맞아 그 어둠의 고통에서 벗어나는 과정을 점차 밝아지는 아침의 시각적 이미지와 연결 지어 감각적으로 형상화하고 있다.

가정

문을암만잡아당겨도안열리는것은안에생활이모자라는까닭이다. 밤이사나운꾸지람으로나를조른다. 나는우리집내문패앞에서여 간성가신게아니다. 나는밤속에들어서서제웅처럼자꾸만감해간 다. 식구야봉한창호어데라도한구석터놓아다고내가수입되어들어 가야하지않나. 지붕에서리가내리고뾰족한데는침처럼월광이묻었 다. 우리집이앓나보다그러고누가힘에겨운도장을찍나보다. 수명 을헐어서전당잡히나보다. 나는그냥문고리에쇠사슬늘어지듯매어 달렸다. 문을열려고안열리는문을열려고.

생활이 모자라는 까닭

화자는 문을 열려고 하는데 열리지 않고, 그 까닭이 생활이 모자라기 때문이라고 한다. 생활이 모자라다는 것은 한마디로 경제적으로 여유가 없다는 뜻이다. 그렇다면 '문'은 무엇일까? 화자의 의식 세계나 추구하는 가치와 같은 정신적인 것으로 볼 수 있다. 즉 생활이 어렵다 보니 화자가 바라는 삶을 살 수가 없음을 드러내는 표현이다.

우리 집 내 문패

'문패'는 집 앞에 걸어놓는 이름표이다. 문패가 성가시다는 것은 화자가 그이름을 감당할 수 없다는 말이다. 더 나아가 가장으로서 한 가정을 책임지는 일이 성가시고 부담스럽다는 뜻이다. 아무런 역할을 하지 못하는 화자에게 문패는 자꾸만 이름값을 하라고, 가장으로서의 역할을 하라고 다그치기 때문이다.

제웅처럼 자꾸만 감해간다 　　　　🔍

화자는 현실에서 아무런 도리를 하지 못하고 삶을 낭비하고 있는 자신을 '제웅처럼 사라져간다'고 표현하고 있다. '제웅'은 짚으로 만든 인형인데, 그 인형에 옷을 입히고 돈을 넣어 이름과 생년을 적어서 길가에 버리면 병과 가난 같은 액운을 막아준다고 한다. 이런 표현을 쓴 것을 보면, 화자가 가족들의 생계를 부양하는 자신의 역할을 일종의 희생양처럼 여기고 있다고 짐작할 수 있다.

도장을 찍나 보다 　　　　🔍

'우리 집이 앓나 보다. 그러고 누가 힘에 겨운 도장을 찍나 보다.'라는 말은 집안이 망해서 집문서가 다른 사람에게 넘어가는 상황을 말하는 것이다. 이상이 어렸을 때 큰아버지 김연필이 연이어 사업에 실패하면서 빚을 지게 되어 통인동의 땅과 집이 결국 다른 사람에게 넘어가게 되었다. 이상은 땅과 집을 팔아 빚을 정리하고 효자동의 싼 집으로 이사했다. 그리고 거기에서 할머니, 부모님, 동생들과 함께 살게 된다. 이때 이상은 한 가정을 책임지는 가장의 역할을 떠맡게 되었다.

　이상의 시에는 '앓는다'는 말이 자주 나온다. 앓는다는 것은 질병과 근심에 사로잡혀 있다는 말이다. 이상의 시 세계에서 '앓는다'는 것, 즉 질병은 단순한 질병 이상의 의미를 지니고 있다. 이상의 시에서 질병은 시적 자아가 놓인 근본 조건이며, 세상을 더욱 또렷하고 분명하게 인식할 수 있게 하는 요인이다.

이상은 '역단(易斷)'이란 표제를 달고 다섯 편의 연작으로 이루어진 연작시를 《가톨릭청년》 1936년 2월호에 발표했다. <역단> 연작시는 <화로>, <아침>, <가정>, <역단>, <행로> 다섯으로 이루어져 있다. '역단'은 중국 주나라 때의 경서인 《주역》에 기대어 자연의 이치와 인간의 운명을 풀이하는 것을 뜻한다. 오늘날 이런 《주역》 풀이를 요행을 바라는 미신에 가깝게 취급하지만 이상은 세상의 기운이 운행하는 일에 관심을 가지고 이를 연작시의 제목으로 삼았다.

이 시가 발표된 1936년 2월 전후로 이상은 다방 '제비'의 파산, 금홍과의 결별, 식구들과의 불화로 심신이 어지러운 상태였다. <역단> 연작 가운데 <화로>, <아침>, <가정>은 바로 그 시기에 이상이 느꼈던 가난으로 인한 경제적 압박, 가족들을 어떻게든 책임져야 한다는 심리적 부담감이 고스란히 담겨 있다. <역단> 연작에는 야심 차게 준비했던 다방 운영이 실패로 돌아가면서 집안 전체가 경제적인 어려움을 겪은 이상 자신의 가정사가 깊이 드리워져 있다.

<가정>은 <역단> 연작 가운데 세 번째 작품이다. 어두운 밤 집 안으로 들어가지 못하고 문밖에서 서성이고 있는 '나'의 심경을 그렸다. 가정은 밤의 바깥세상과 다르게 식구들이 모여 있는 곳으로, '나'는 집 안으로 들어가려

고 한다. 하지만 문은 열리지 않고 '나'는 식구들과 단절되어 있음을 보여준다. '집이 않고', '수명을 헐어 전당 잡힌다'는 표현은 가정 형편이 어렵다는 것으로, '나'의 귀가가 순조롭지 않음과 동시에 가정이 몰락하고 있음을 보여준다. 몰락해 가는 이상의 가정사와 연관되어 현실 세계에 질식할 듯 괴로워하는 시인의 모습이 섬세하게 드러난 작품이다.

절벽

꽃이보이지않는다. 꽃이향기롭다. 향기가만개한다. 나는거기묘혈을판다. 묘혈도보이지않는다. 보이지않는묘혈속에나는들어앉는다. 나는눕는다. 또꽃이향기롭다. 꽃은보이지않는다. 향기가만개한다. 나는잊어버리고재처거기묘혈을판다. 묘혈은보이지않는다. 보이지않는묘혈로나는꽃을깜빡잊어버리고들어간다. 나는정말눕는다. 아아. 꽃이또향기롭다. 보이지도않는꽃이……보이지도않는꽃이.

꽃이 보이지 않는다

이상은 여인을 '꽃'에 비유하곤 했다. 그의 소설 <실화(失花)>는 '꽃을 잃다'는 뜻인데, 이는 '여인을 잃는다'는 중의적 의미로 사용된 것이다. 그리고 소설 <날개>에서는 연심이를 '아름다운 한 떨기 꽃'으로 비유하고 있다. 이 시에서도 '꽃'은 여인을 의미하고, 더 나아가 '성적(性的), 에로스적 이미지'를 드러낸 표현이라 할 수 있다.

꽃이 향기롭다

이상은 '향기'에 관심이 많았다. '봉선화 향기, 아카시아 향기, 커피 향기' 등 '향기'를 거론하는 글이 여럿이다. 이 시에서도 보이지 않는 꽃의 향기가 가득하다. 꽃에서 내뿜는 향기는 벌을 불러들이므로 꽃의 향기는 에로스적인 이미지를 강하게 드러낸다. 이 시에서 에로스적 욕망과 타나토스적 욕망은 서로 겹쳐지는데, 보이지 않는 꽃의 향기가 가득한 것은 '나'의 죽음이 가득하다는 것, '나'의 죽음에 대한 공포가 주위에 가득하다는 의미이다.

묘혈도 보이지 않는다   🔍

'묘혈(墓穴)'은 '무덤 구덩이'로 시체를 넣어두는 곳, 죽음의 공간이다. 묘혈을 팠다는 것은 죽음의 세계를 체험하는 것 혹은 자살의 시도일 수 있다. 이상의 연작시 <위독>에 속한 <침몰>이라는 시에도 죽음의 이미지가 강하게 드러나 있다. 이 시들이 1936년 말에 쓰였다는 점을 떠올려보면, 이 시기 이상의 내면에 폐결핵으로 서서히 다가오는 죽음에 대한 공포와 자살에의 충동이 가득했음을 짐작할 수 있다.

나는 정말 눕는다   🔍

'묘혈'에 대한 화자의 행위가 '판다 → 들어간다 → 눕는다'로 이어진다. 이러한 행위의 배열은 에로스적 욕망의 실현 행위와 일치한다. 묘혈을 파는 행위 자체는 자살 충동에 의한 것인데, 거기에 에로스적 본능이 개입되어 있다. '보이지 않은 묘혈로 나는 꽃을 깜빡 잊어버리고 들어간다'는 표현은 성적 행위와 자살 행위가 서로 겹치는 상황으로 볼 수 있다.

이 시는°°°°°°

이 시는 연작시 <위독> 가운데 한 편으로, 뛰어난 형식미와 내용상의 깊이를 두루 갖춘 작품이다. 이 시에서는 두 가지 이미지가 제시된다. 묘혈을 파고 들어가는 것은 죽음을, 꽃은 에로스적 욕망을 보여준다. 이들은 이상의 본능 혹은 욕망이라 하겠는데, 프로이트가 말한 인간이 가진 두 가지 본능과 그대로 겹친다. 프로이트에 따르면 인간은 생명 연장을 위한 에로스적 본능과 죽음을 향하는 타나토스적 본능 두 가지를 가지고 있으며 이들은 서로 뒤섞이거나 충돌한다.

'보이지 않은 묘혈로 나는 꽃을 깜빡 잊어버리고 들어간다'는 표현은 성적 행위와 자살 행위가 서로 겹치는 상황이라고 보아도 좋다. 이렇듯 이상에게 여인과의 성적 관계는 죽음에 대한 공포를 초월하면서 동시에 그것을 낭만적으로 승화시키는 유일한 방법이었다. 이 시는 바로 시적 화자의 이런 욕망을 그려 보이고 있다.

그렇다면 이 시에서 절벽은 어디 있을까? 이상의 삶에서 죽음에 다다른 막다른 상황은 마치 낭떠러지 앞에 서 있는 것과 다르지 않았을 것이다. 그러니 '절벽'은 죽음을 눈앞에 둔 이상의 발밑에 놓여 있다고 할 수 있겠다.

이상을 읽다

이상과 상상으로 써 내려간 이상한 시

1판 1쇄 발행일 2020년 10월 12일

지은이 전국국어교사모임

발행인 김학원
발행처 (주)휴머니스트 출판그룹
출판등록 제313-2007-000007호(2007년 1월 5일)
주소 (03991) 서울시 마포구 동교로23길 76(연남동)
전화 02-335-4422 **팩스** 02-334-3427
저자·독자 서비스 humanist@humanistbooks.com
홈페이지 www.humanistbooks.com
유튜브 youtube.com/user/humanistma **포스트** post.naver.com/hmcv
페이스북 facebook.com/hmcv2001 **인스타그램** @humanist_insta
편집책임 문성환 **편집** 김사라 **디자인** 유주현
용지 화인페이퍼 **인쇄** 청아디앤피 **제본** 정민문화사

ⓒ 전국국어교사모임, 2020

ISBN 979-11-6080-488-1 43810

이 도서의 국립중앙도서관 출판예정도서목록(CIP)은 서지정보유통지원시스템 홈페이지(http://seoji.go.kr)와
국가자료공동목록시스템(http://www.nl.go.kr/kolisnet)에서 이용하실 수 있습니다.(CIP제어번호: CIP2020041012)